象使いティンの戦争

シンシア・カドハタ
代田亜香子 訳

作品社

象使いティンの戦争

第一章

一九七三年　南ベトナム　中央高地

ティンは、トマスの動きをじっと見つめていた。象のレディの首に、ロープをしっかり巻いているところだ。レディは、村にいる三頭のうちいちばん小さいけれど、いちばん力持ちなので、よく仕事にかりだされる。今日は、ブオナ家の人たちにたのまれて丸太を運ぶことになっていた。家が火事になってしまい、あたらしく建てているからだ。

ティンは、トマスのうしろや横にまわってながめていた。ぴたっとはりついているから、たまにうるさがられるけれど、ひとつの動きも見逃したくない。とはいえ、迷惑《めいわく》をかけすぎて、もう教えてもらえなくなったらこまる。トマス・ナルは十四歳で、この村にいままでいた象使いのなかで最年少だ。ティン・エバンは、その記録をぬりかえようとねらっていた。まだ十一歳だけど、自分がいつかすばらしい象使いになれる自信がある。

「ちょっとはなれてろ」トマスがぴしゃりといった。「でないと、今日はもう帰ってもらうぞ」

ティンはおとなしくいうことをきいて、うしろにさがった。トマスのいうことなら、なんでもきく。象のまわりに集まってくる子どもたちはほかにもいるけれど、トマスに教えてもらえるのはティンだけだ。いつか、そのときがきたら、レディの使い手になれるだろうともいってもらっている。トマスの気がかわったらたいへんだ。

集まっていた子どもたちのひとりが近すぎるので、ティンは注意した。「はなれてろ」たったいま、トマスにいわれたように。

トマスがティンをちらっと見る。「今日は、村までレディに乗っていかせてやるつもりだったんだ。おれが横を歩いてついていく。できそうか?」

「できます」ティンはいった。もう何か月も前から、待ちに待っていた。ティンは、レディの脇腹《わきばら》をなでた。レディは知らんぷりしている。

トマスが、ティンをじっと見つめた。「おまえの象使いになりたいっていう決意は、昔のおれよりずっとかたいようだな」

「もちろん《シュア》」ティンは英語で答えた。お父さんの知り合いのアメリカ特殊部隊《とくしゅぶたい》の兵士から教わった。アメリカ人には、「はい」という意味の言葉がたくさんある。「イエス」、「シュア」、「オーケー」、「ライト」、「イアー」、「ラジャー」などがすぐ頭にうかぶ。

ティンはレディの鼻先に近づいて、話しかけた。「レディ、今日はぼくがおまえに乗るよ。いい子にしててくれ」

レディはまるで返事をするように、鼻でティンを地面に押さえつけた。そのままぐいぐい押しつづける。なんだか、恥《は》ずかしい。逃げようとしても、すごい力で押しかえしてくる。「トマス、たすけてよ」

トマスが、あきれたというふうに目玉をぐるんとまわした。「レディ！」トマスがぴしゃりという。すると、レディはティンをはなした。「もっとレディにきびしくしなきゃだめだ」トマスが、ティンをしかった。「その鉤《フック》を使って、おとなしくさせるんだ」

「だけど、レディに嫌われたくないし」

「あいつに尊敬《そんけい》されるようにならなきゃだめだ。さあ、その丸太をロープでレディにくくりつけるのを手つだってくれ」ティンと、ブオナ家の息子のひとりが、レディのハーネスにつながっているロープのはしっこに丸太をくくりつけた。これでレディは、家を建てる場所まで丸太を運んでくれる。

丸太を結びおわると、ティンは命令した。「ムク（ひざをつけ）、レディ」。だけど、レディはひざまずこうとしない。トマスの視線《しせん》を感じる。「ムク！　レディ、ムク！」ティンはもう一度、いった。ほっぺたが、かっかしてくるのがわかる。フックのついた杖をつかんで、レディをつついてみる。それでもまだ、いうことをきかない。

「レディ、ムク」トマスがやさしくいうと、レディはすぐにひざまずいた。

ティンはレディの背によじのぼり、両脚《りょうあし》でまたがった。「レディ、立て」ティンがいうと、今度はいうことをきく。

「レディ、ナオ（ついてこい）」トマスがいうと、レディはおとなしくトマスのあとをついていった。三本の太い丸太を引きずりながら。

ティンの胸に、幸せな思いがどっと押しよせてきた。村に入る門の前までくると、ティンは誇《ほこ》らしさでいっぱいになり、胸をはって背筋《せすじ》をのばしてすわりなおした。レディはトマスのあとをついて、あたらしい丸太小屋を建てる予定地にきた。ブオナ家は、村でいちばんの大家族なので、幅《はば》が百メートルもある家を建てようとしていた。丸太がたくさん必要になる。

そうやって、午後じゅう作業はつづいた。レディとティンはジャングルと村を何度も往復した。あるとき、レディがティンのいうことをきいて、ちゃんとひざまずいてくれた。ティンは、まさに人生最高の日だと思った。

その夜、ティンは親戚《しんせき》一同で暮らす長屋のなかの、自分の家族の部屋で横になっていた。ほかの家族はみんな眠っていたけれど、ティンはその日のことをくりかえし思いかえしていた。目を閉じると、レディの姿がくっきりと浮かんでくる。ああ、うれしくて頭がくらくらする。いろんな人から、将来を決めるには早すぎるっていわれるけれど、自分はなにがなんでも象使いを一生の仕事にすると決めている。それなのに父さんは、どんなときでも「第二の選択肢《せんたくし》」を考えておけという。ティンはもう何か月も前からレディの調教《ちょうきょう》を練習してきたけれど、たいして進歩がなかった。今日、レディが命令どおりにひざまずいたり立ちあがったりしてくれたのが、いうことをきいてくれた初めてだ。

トマスからはいつも、レディに友だちみたいに接してばかりいると尊敬されなくなるぞ、といわれている。二、三年前にレディがよくわからない理由でいきなり怒ってあばれだしたときの話を、何度もされる。ティンはいまでも、レディが逃げだしたときにフェンスに大きな割れ目ができたのをおぼえている。

父さんは、アメリカ人がどうのこうのと寝言をいいながら、眠っている。最近、気がかりなことがあるらしくて寝苦しそうだ。父さんは、アメリカ特殊部隊の仕事をしていて、母さんに、キリスト教徒になろうと考えているという話をしていた。まだ、決心はしていないらしい。父さんは、何を決めるにもすごく時間をかける。たとえば、ティンが象使いの仕事を手つだうのを許してくれるのに、二年近くかかった。自分が米軍の仕事をすると決めるのにも、一年かかった。

いまのところ、この村はへんぴなところにあるおかげで、戦争の影響《えいきょう》をそこまで受けていない。アメリカ人がベトナム戦争と呼び、父さんがアメリカ戦争と呼ぶ戦争だ。ティンは、自分が大人になるころには戦争はおわっているだろうと期待していた。北ベトナムと南ベトナムは、ティンが生まれるずっと前から争っていた。アメリカ人は、南ベトナムの味方だ。

父さんの頭のなかにあるのは戦争のことばかりだし、ティンの頭には象のことしかない。ティンは、自分がほかの少年たちとはちがうという自覚があった。自分はみんなとちがって、農夫にはなりたくない。そのせいで、両親からすごく心配されている。ぼくの夢は、ひとつだけだ。象使いになること。それに、学校の成績がわるいから、母さんと父さんをがっかりさせている。姉さんのユエは、学校でもいちばんの成績だ。ユエのことは自慢《じまん》だけれど、だからといって、自分もそうなりたいとは思わない。

「ティン?」暗がりから母さんの声がした。

「はい」

「やっぱりまだ起きていたのね」

母さんはいつも、ティンがまったく音を立てなくても、起きているのに気づく。ティンのほうは、母さんが起きているか眠っているかなんて、まったくわからない。どちらのときも、静かだから。

「また空想をしているの?」

ティンは返事をしなかった。

「それくらい熱心に宿題をやってくれれば、すぐにユエと同じくらいの成績になれるのにね」

「母さん《アミ》、ちょっと考えごとをしてただけだよ。空想とはちがう」

「どこがちがうの?」

「空想は、まだ現実じゃないことを考えることだ。考えごとは、すでに現実になったことを考えることだよ」

　母さんは答えなかった。やった、いいまかしてやったぞ。もしかしたら、つかれたからしゃべるのをやめただけかもしれないけれど。ああ、ぼくもつかれたな。ティンは目を閉じて、まぶたの裏でレディの姿を見ながら、眠った。

第二章

朝日がのぼらないうちにティンが目をさますと、母さんが父さんをゆり起こしていた。

「シェパード軍曹《ぐんそう》が、お話があるそうよ」母さんが、低い声でいっている。「なんだって？」父さんが眠そうな声でいう。たぶん、起きたんだろう。かさこそと音がする。

「シェパード軍曹よ」母さんが、またいった。

ティンも起きあがった。「父さん《アマ》、また任務《にんむ》があるの？」

「さあ、どうだろう」父さんが答える。「シェパード軍曹にきいてみよう。おまえは寝ていなさい」

それでもティンは立ちあがった。「任務だったら、ぼくもついていっていい？　前に、そのうちいかせてくれるって約束《やくそく》したよね？」

「そのうちいかせてやるかもしれない、といっただけだ」

「アマ、ぼくがアマのかわりに足跡《あしあと》の追跡《トラッキング》をするよ。ぼくがうまいの、知ってるよね？」

「ああ、知っている。さあ、寝なさい」

「ティン、もう少し寝ていなさい」母さんもいう。

ティンは、父さんがそーっと出ていくのを待って、自分も部屋を出た。長屋の出入口のところで、じっとようすをうかがう。シェパード軍曹が父さんにうなずき、父さんもうなずきかえす。軍曹はいつものように、たばこをくわえている。ティンは心臓がどきどきしたけれど、いやな感じではない。アメリカ人はもうすぐベトナムから撤退《てったい》するといっているから、これが父さんといっしょに任務にいける最後のチャンスかもしれない。

「たばこ、いただけますか？」父さんが、英語で軍曹にたずねた。

軍曹は父さんにたばこを一本わたした。父さんはほんとうは、アメリカのたばこよりも村で自分たちで巻いたたばこのほうがおいしいと思っているはずだ。だけどどういうわけか、アメリカのたばこのほうをうれしそうに吸う。

父さんは、さもおいしそうに煙《けむり》をふーっと吐いた。その日はじめてのたばこを吸うときは、いつもこうだ。

「ぼくもたばこ、いいですか？」ティンも英語でたずねた。

「きみのお母さんから、吸わせないようにいわれている。まだ子どもだからってね」軍曹がいう。

ティンは笑った。「歳のわりには大人です」

「どうしてそう思うんだ？」

「たくさん責任を負ってますから。かなりの重さです」

「ティン、なかに入りなさい」父さんがいった。「さあ、早く」。だけど、声は怒っていないし、ちょっとふざけている感じさえある。もしまじめにいわれたら、ティンはすぐにいわれたとおりにするだろう。

軍曹と父さんは、長屋から地上におりるはしごの役目をしている、刻み目のついた丸太をつたって地面におりた。ティンもあとにつづく。特殊部隊《とくしゅぶたい》の兵士がもうふたり、ほんの数メートル先に立っている。ティンと同じラーデ族の人もふたり、そばにいる。軍曹と父さんとティンも、そこに加わった。軍曹はしゃがんで、たばこの火を地面でもみ消してから、ポケットに入れた袋のなかにフィルターをいれた。こうすれば、ラーデ族の土地を汚《よご》さずにすむ。アメリカ人て、ちゃんとぼくたちのことを考えてくれている。

軍曹が、父さんのほうをむいていった。「最後にもうひとつ、やらなければならない任務がある。北ベトナムの中隊が先週いたキャンプまで、トラッキングをしてほしい。だいたいの場所はわかっているが、兵士が何人くらいいたのかを知りたい。敵に遭遇《そうぐう》する心配はおそらくない。ほんの数キロしかはなれていないが、いきにくい場所だ。かなり深いジャングルのなかにある。ひと晩、野宿することになるが、だいじょうぶか？」

ティンの父さんの顔が赤くなる。「まず、妻に相談しなければ」父さんは、小声でいった。「妻は、この手の仕事はもうおわったと思っていますから」父さんは、アメリカ人は二週間後には帰るからもう任務をたのまれることもないだろうといっていた。

「わかった。話をしてきてくれ。かならず、今回の任務は〝順風満帆《じゅんぷうまんぱん》〟だろうと伝えてほしい」

「『じゅんぷうまんぱん』って？」ティンはたずねた。「かんたんな任務ってこと？」それからティンは父さんのほうをむいて、ラーデ族の言葉でたずねた。「アマ、アミに、ぼくもいっていいかきいてくれる？　一週間は宿題をちゃんとやるって約束《やくそく》するよ」

「永遠にちゃんとやったらどうだ？」父さんがたずねる。

「永遠に」ティンは、まじめくさっていった。でも父さんは、笑っているだけだ。

父さんは長屋のほうに走っていき、丸太をのぼった。母さんはすでに入口に出てきていて、こちらを見つめている。

ティンは、軍曹のほうをむいた。「いまは、出発するには運気がよくありません。精霊《せいれい》の気をそこねます」

「この任務で最後だ。敵との遭遇はない」軍曹は、安心させるようにいった。

「ぼくもいっていいですか？」

「お母さんとお父さんの返事を待とう」

父さんが、丸太をおりてきた。「いけるか？」軍曹がたずねた。

「はい。息子もいっしょでかまいませんか？」

「ああ。そちらさえよければ。順風満帆な旅だから」

ティンは、うれしくて舞《ま》いあがった。やった、レディに乗れたと思ったら、今度は任務につれてってもらえる。ついてるぞ！

「よし。では、そろそろ出動《しゅつどう》しよう」軍曹がいう。

ティンは、〝出動〟の意味がわからなかったけれど、たずねなかった。

軍曹がつづけていう。「命令が下ったのは、一時間前だ。きみの力を……きみと、息子さんの力を借りて、キャンプがあった場所をつきとめ、兵士の規模《きぼ》をたしかめる。目的はわからないが、上層部《じょうそうぶ》はとにかく情報を求めている。そして、わたしがいっしょに仕事をしてきたなかでトラッキングが最もうまいのはだれかといえば？」

「あ、いや」父さんは、けんそんしているような顔をつくった。それから、一瞬考えこむようなふりをしてから、さっきより堂々といった。「おそらく、わたしはかなりうまいほうだと思います。自分でいうのもなんですが」

「きみのぶんの荷物《にもつ》もこちらで用意した。水筒《すいとう》、レーション、弾薬《だんやく》。それから、これがきみ用のライフルだ」

「ライフルが必要になることがあるんですか？」

「いや、ない。だが、万一のためにもっておく必要がある」

「わかりました」

「よし。では、出発しよう。くれぐれもいっておくが、敵との遭遇はない。もし疑わしいことがあったら、知らせてくれ。すぐに引き返す。もうすぐ戦いもおわるというときになって、けが人など出したくないからな」

「わかりました」

父さんは、誇《ほこ》らしそうにティンの肩をたたいた。それから、心配そうな顔になっていった。「出発の前にいけにえを捧《ささ》げないのですか？　妻がそのほうがいいと申しています」

「もう日がのぼりはじめている。ぐずぐずしてはいられない」軍曹はいった。

「あとで後悔《こうかい》しても知りませんよ」

「だいじょうぶだ」

一行は、ジャングルのなかに入っていった。ティンは、五感がどんどんとぎすまされてくるのを感じた。獣《けもの》になったみたいな気がする。よくみんなから、おまえは半分は象なんじゃないかといわれるけど、ほんとうにそうなのかもしれない。

ティンは、父さんの横を歩いた。すごく誇らしい。ああ、こうやって胸をはれるのって、ほんとうにいい気分だ。それに、ほかの人たちの先頭に立って歩くのも気持ちがいい。

ティンは、トラッキングに集中した。獲物《えもの》を追いかけているみたいに神経《しんけい》をとぎすます。自分で自分の足音がきこえないくらいそーっと歩く。そんなふうに歩ける自分がまた誇らしい。一行は何キロか、ゆっくり進んだ。そのときティンの目に、足跡がいくつか飛びこんできた。いま歩いている道を横切っている。ティンのほうが、父さんより先に気づいた。

ティンは両手と両ひざをついて、足跡をじっくり観察《かんさつ》した。六種類あるから、六人の兵士がいたはずだ。ひとりは、少し内またただ。小さい足のもち主は、女の人かもしれない。どの足跡も、はっきりと特徴《とくちょう》がある。かかとに体重をかけて歩いている人がいる。二番目に小さい足跡も区別がつく。足をあきらかに引きずっている人もいる。父さんがとなりにしゃがんで、がんばれとはげますようにうなずいた。「六人だよ」ティンはいって、立ちあがった。父さんも立ちあがる。ティンを見つめる父さんの表情から、息子を自慢《じまん》に思っているのがわかった。

トラッキングをしながら進んでいくとき、何度かもう少しで足跡を見失いそうになった。ほかの人たちはだまってティンを待っていてくれた。ティンは足跡が教えてくれることを理解するのに、いつも父さんより少し時間がかかった。父さんが前に、教えてくれた。どんな足跡でも、何かしら物語っている。たいせつなのは、その物語をできるだけはやく読むことではなく、できるだけ正確に読むことだ。ティンには、父さんが自分よりも早く、しかも正確に物語を読めるのがわかっていた。

六人の兵士は、とてもうまく痕跡《こんせき》を消していた。それでも、完璧《かんぺき》に消し去ることは不可能だ。木の小枝が折れていたり、とがった草の葉が曲がっていたり、人がどこからきてどこへむかったのか、手がかりはかならず残る。ティンがちらっとふりむくと、軍曹と、父さんの友だちのビア・ホンさんが、今度は自分たちの通った跡を消していた。ティンの部族、ラーデ族は、十万人くらいいて、ベトナムの〝デガ（山の人）〟のなかでいちばん大きい。ラーデ族の多くが、アメリカ特殊部隊の仕事を手つだっている。だけどティンの村では、アメリカ人と仕事をしているのはほんの数人だけだ。理由は不明だけど。

そのうち足跡は消えたけれど、ティンと父さんは、いままでと同じ方向に進みつづけた。四十メートルほどいくと、また足跡が見えてきた。父さんが手で合図すると、一行は足跡を追って右に曲がった。

二十分くらい歩くと、足跡がふた手にわかれた。ティンは分かれ目をじっくりながめた。ここで立ちどまって相談したようすはない。五人は右に、残るひとりだけが左にむかっている。ティンは、どういうことか考えながら、分かれ目を観察した。それから、父さんのほうを見た。とにかく、父さんが決定を下さなきゃいけない。父さんは、五人の足跡をつけることを選んだ。ティンも、同じことを考えていた。

一時間くらいして、ティンはまちがいに気づいた。五人の足跡は、ジャングルの外へむかっている。父さんはいつも、まちがったと思ったら正直にまちがったといわなければばいけないといっている。うそをひとつついたら、かならずふたつつかなければいけなくなるし、やがてそれが四つのうそへとつながり、いつの間にか全人生がうそのかたまりになってしまうからだ。ティンは、大げさだなと思っていたけれど、たしかにそのとおりだ。

父さんは軍曹たちのほうをむき、悪びれたようすもなく、引き返すよう指示した。

またあの分かれ目のところにくると、今度はひとりの足跡をたどった。ジャングルの奥深くへとつづいている。午後遅くになって、その足跡の行き止まりまでやってきた。何も残っていないけれど、敵がキャンプをはっていた場所にまちがいない。草木が荒らされ、土が掘《ほ》りかえされたあとがある。ティンは自分で平らな部分を踏《ふ》んでみて、さっきまで調べていた足跡と比べてみた。踏んだばかりの足跡はゆっくりと消えたけれど、踏まれた植物は折れたままもとにはもどらない。父さんがほかの人たちにここで止まるように合図して、あたりをぐるっとまわりながら、キャンプ跡地をそーっと歩きはじめた。ティンは、父さんが足跡をぜんぶ数えているのがわかった。でも自分は、平均値《へいきんち》をとる方法を選んだ。キャンプを四つの区画にわけて、そのうち一区画の人数を数える。正確に数えたという自信がもてるのに、たっぷり三時間かかった。あせるなといいきかせたけれど、もっと早くできればいいのにと思わずにはいられない。数えおわるころには、あたりは暗くなりはじめていた。父さんは三十分前に数えおわっていたけれど、みんなはティンがおわるのを待っていてくれた。やっと、ティンは父さんのほうをむいていった。「約百五十人」

父さんはうなずいた。「わたしもそれくらいになった。百二十五人から、百五十人のあいだだ」

ふいに、そしてはっきりと、人の話し声がきこえてきた。一行は、七人が七人とも、森のなかにかげをひそめた。というか、ティンはほかの六人の姿が森にとけこんだのがわかったし、自分もそうした。軍曹だけ、姿が確認できた。そのとき、話し声がふいに消えた。ほかの人たちが用心深く後ずさりする音がかすかにきこえる。特殊部隊の兵士たちが射撃《しゃげき》を開始するかと思ったけれど、そのまま丸々一時間、だれひとり動かない。そして、いきなり始まった。ティンのうしろで、前で、頭上で、銃弾《じゅうだん》がはじける。ティンのグループも射っている。そのとき、ビアさんがよろめくのが見えた。胸から血がふきだし、手にしていたライフルを落とす。ティンは、そのライフルをひろった。銃を撃《う》ったことなど一度もない。敵の兵士にライフルをむけたものの、すぐには撃てない。みんなのいる位置がわからないから、うっかり仲間を撃ったりしたらたいへんだ。そのとき北ベトナム軍の兵士が、軍曹の背中を狙っているのが目に入り、ティンは発砲《はっぽう》した。弾は上むきに飛んでいき、その反動の衝撃《しょうげき》があまりに強くて、ティンは思わず転んだ。なんとか起きあがるころには、銃撃戦《じゅうげきせん》はおわっていた。軍曹が、ビアさんの脈をたしかめている。軍曹を狙っていた兵士を、ほかのだれかが撃ってくれたらしい。

沈黙《ちんもく》が流れる。軍曹はうつむいたままだ。ああ、父さんの友だちのビアさんが、胸と頭を撃たれて亡くなったんだ。人が殺されるのを見るなんて、はじめてだ。

軍曹がビアさんの遺体《いたい》を運び、みんなで真っ暗になるまで歩きつづけた。しばらくして、軍曹がいった。「ここにしよう」全員、地面に横になって眠った。ティンは、暗がりに目をこらしていた。間もなく、かすかに声がきこえてきた。ああ、父さんが泣いているんだ。ティンは、父さんのすすり泣きをききながら眠った。一度、顔が露《つゆ》で冷たくなって目をさましたとき、まだ父さんはすすり泣いていた。父さんはもう何年も特殊部隊の仕事を手つだっていたけれど、いままで何もなかったのは運がよかったんだ。任務の最中に人が殺されたのは、これが初めてだったから。ティンは、自分のせいだと思った。あのときぼくが数えおわるのを待っていなければ、ビアさんは撃たれなかったはずだ。戦争にはこの罪悪《ざいあく》感《かん》がつきものなんだろうか。ビアさんの三つの魂《たましい》が、もう肉体をはなれていったのがわかる。ビアさんは、村でいちばんいい人だった。毎年、自分が育てたなかでいちばんおいしいメロンをほかの人にあげていた。ティンの家族も上等なたばこを栽培《さいばい》しているけれど、そんなふうに人にあげたりはしない。そんなことをするのは、ビアさんの一家だけだ。

つぎの日の朝、軍曹はビアさんの遺体をせおって村まで運んだ。そして、村の墓地《ぼち》の柵《さく》の外にそっと寝かせた。

「ティン、毛布をもってきてくれ」父さんがいった。

ティンは長屋まで走っていき、なかにかけこんだ。だれもいない。みんな、畑仕事に出ているのだろう。遺体に毛布をかけるために、いそいで墓地にもどった。でも、おそかった。ビアさんの奥さんがすでにききつけて、血まみれの遺体におおいかぶさって泣いていた。

ティンは、自分のせいだといいたかったけれど、だまって見つめていることしかできなかった。

第三章

一九七五年

ティンは、レディのからだをごしごしこすった。レディは川に横たわって、鼻で水を吸いこんでは自分のからだにかけている。たまに、ティンにもかける。わざとやってるのかなとも思うけど、はっきりとはわからない。どちらにしても、ティンのシャツと腰巻《こしまき》はぐっしょりぬれた。

「これじゃ、びしょぬれのまま学校にいかなきゃいけないよ」ティンはさけんだ。それから、笑いながらレディの脇腹《わきばら》をぴしゃりとたたいた。からだを洗いおわったあとの、いつもの合図だ。レディは立ちあがると、鼻で泥《どろ》を吸って自分の背中にふきかけた。象は人間よりも、からだに熱をためこみやすい。だから、背中を泥でおおってからだを冷やす。テインは数年前、はじめて象に夢中になったときにそのことを知った。

ほかの象使いはみんな、とっくに自分の象のからだを洗いおわっていた。ティンはいつも、いちばん時間がかかる。完璧主義者《かんぺきしゅぎしゃ》だからだ。少なくとも、自分ではそれが理由だと思っている。「レディ、ナオ（ついてこい）！」ティンはいった。レディが、川から自分の小屋のほうへと歩きはじめる。ぷくぷくした足で、音もなくジャングルの地面を踏《ふ》みしめる。小枝を踏んでも、音は足に吸収されてきこえない。いつか、戦争がおわったら、象のことを勉強する学校にいけるかもしれない。それとも、象を訓練《くんれん》する学校を自分で始めてもいいな。

レディが立ちどまって、木の皮を鼻でつつきはじめた。ティンが「ナオ！」というと、レディは上にあげていた鼻をおろして、また静かに歩きはじめた。象にいうことをきかせるためにフックのついた杖《つえ》を使わない象使いはかぎられていたが、ティンもそのひとりだ。ティンはその技術を、自分で象の訓練学校をひらいたら教えたいと思っていた。タイにはそういう学校があるときいたことがあるけど、ベトナムにはひとつもない。だから、ぼくが最初につくりたい。すでに最年少で象使いになったし、ベトナム初の象の訓練学校もひらこう。ほかにも記録をやぶれることがあるかもしれない。

二年前、最年少の象使いになったとき――いまでも記録はやぶられていない！――ティンはまだフックを使っていた。そうしなければ、レディがいうことをきいてくれなかったからだ。だけど、おたがいのことがわかってくるにつれてフックを使う回数を減らしていき、とうとうまったく使わなくなった。いちおう、緊急事《きんきゅうじ》態《たい》のためにもちあるいてはいるけれど、もう一年近く使ってない。

レディに遅れないようにティンが小走りになったとき、いきなりレディが立ちどまって、ティンを鼻で地面に押しつけた。ティンは、笑いが止まらなかった。立ちあがると、レディがまた倒しにかかってくる。ティンはこうやってレディと遊ぶのが大好きだ。やめろといえばすぐにレディがやめるのもわかっている。ティンはレディの鼻をつかんで、さすった。手をはなすと、レディは鼻をそっと左右にふった。「ムク（ひざをつけ）」ティンがいうと、レディがひざをつく。ティンはレディの頭をよじのぼって肩のあたりにまたがった。ちょうど泥がかわいてひび割れているあたりだ。そしてレディの首をさすりながら、逆立った毛をなでつけた。レディが、「いやいや」をするように首を横にふる。

「どうした？」ティンはたずねた。

レディがまた首をふる。何か思うところがあるらしい。きっと、このところ村のまわりに出没《しゅつぼつ》している虎にでも気づいたんだろう。姉さんと妹もきのう、その虎を見たといっていた。ティンはあたりを見まわしたけど、ジャングルの木々のほかは何も見えない。そのとき、男の話し声がした。ラーデ語ではなく、ベトナム語だ。「だからいってるだろう、川はあっちのほうだ」

南ベトナム軍の兵士がふたり、レディの目の前に出てきた。南ベトナム人もデガ〈山の人〉も、この戦争ではアメリカ側につく味方同士だけど、やっぱり兵士はこわい。

「おい、モイ！」ひとりがティンに声をかけた。〝モイ〟というのは、未開人《みかいじん》という意味だ。ベトナム人は、北の人も南の人も、ティンの部族をそう呼ぶ。だけど、面とむかって呼ばれたのは初めてだ。ティンは、怒《いか》りがこみあげてくるのを感じたけれど、だまってた。兵士たちは銃《じゅう》をもっているし、何をするかわかったものではない。いきなり撃《う》ち殺されて、放置されてしまうかもしれない。戦争とは、そういうものだ。父さんがいっていた。そして父さんがいうなら、それはほんとうのことだ。ティンは、兵士たちがどう出るかを待った。

「川はどっちだ？」背の高いほうが、きいてきた。

ティンは、自分のうしろを指さした。

その兵士は、しばらく舌で歯をこすっているようだった。それから指で歯をごしごしやって、またティンのほうを見た。「口がきけないのか?」兵士がいう。

「この道をまっすぐです」ティンは、ベトナム語で答えた。そして、二、三度、へつらうように頭を下げた。ふたりのきげんが悪そうだからだ。ふたりはそのまま、ティンの前に立っていた。どうするつもりだろう。すると、背の高いほうがいった。「いこう」そして、ふたりは歩いていった。

レディは、村へつづく道を歩くうちに、だんだん落ち着いてきた。「なあレディ、ぼくのことをモイなんて呼んで、どういうつもりだろうな?」ティンは、レディの首の横をたたいた。ジャングルをぬけ、象小屋の近くにやってくる。数年前、ティンがまだ正式に象使いになる前に、ほかの象使いたちといっしょに建てた小屋だ。晴れて暑い日でも象たちを屋根の下にいさせてやりたかったからだ。背中に泥をぬりつけていても、象たちはやっぱり、小屋のなかでのんびりするほうが好きだ。ティンは、自分用に小さい小屋もつくった。そうすれば毎晩、レディの近くで眠れる。もともとは、自分専用のちゃんとした家を建てたかった。前は何かといえば、自分はこれまでで最年少の象使いになるつもりだと口にしていた。きかせたことのない人などもういないのに、しょっちゅういっていた。そしてある日、ティンは父さんにいった。「アマ、ぼくは最年少の象使いになるんだから、象小屋の横に自分の家があったほうがいいと思うんだ」

父さんは答えた。「自分で建てれば、自分の家になるぞ」

「自分でなんか、建てられないよ。ぼくは最年少の象使いになるつもりだから、アマが手つだってくれるだろうと思っていってるんだよ」

父さんは笑った。「わたしがおまえの歳で狩《か》りをしていたときは、だれも家などたててくれなかったぞ」

そしてやっぱり、ティンは自分の家はもてなかった。ひとりの力でたてられたのは、小屋だった。

ティンは、家族の土地のほうを見わたした。母さんと父さんが、たばこ畑で草むしりをしている。なかには、父さんがたばこを好きなのは、ティンが象を好きな気持ちに負けないくらいだという人もいる。

毎日、村の人たちは自分の畑に出てはたらく。まるで戦争なんか起きてないみたいだ。最後のアメリカ兵がベトナムから撤退《てったい》したのは一九七三年で、そのあともふつうの生活がつづいていた。父さんは愛するたばこ畑ではたらいていたし、ティンも学校に通いながらレディの世話をしていた。ティンは、北ベトナム軍とベトコン（南ベトナムの反政府ゲリラ）は自分たちの村には手を出さないだろうと想像していた。ぼくたちの部族はきっと、このまま中央高地にいられるだろう。もう何百年も、いや、何千年かもしれないけれど、暮らしてきたこの土地に。

村にいるもう二頭の象、ゲンとドクは、もう鎖《くさり》でつながれて、自分たちの使い手が畑仕事をおえるのをおとなしく待っている。ゲンはクヌル家の象で、トマスが世話をしているし、ドクはヒン家の象で、世話をしているのはシウという少年だ。

鎖は、象たちがジャングルの竹と背の高い草のあたりまでいける長さがあるけれど、ティンの家族の畑までは届かない。ほんとうはいけないとわかっていたけれど、ティンは七月、サトウキビが実ったとき、たくさんとってレディにやった。レディの大好物だからだ。いつも甘いはしっこの部分を折ってレディにわたしてやり、残りをゲンとドクにやる。甘やかしすぎだけど、レディはいちばんのはたらきものだ。それでもたまにトマスから、レディに甘すぎるとおこられる。トマスは十六歳で最年長だから、ティンもシウもいつもいうことをきいている。前にティンは、象たちの鎖をもっと長くしようと提案《ていあん》してみた。もっと遠くにある竹のところまでいけるように。トマスはくちびるをぎゅっとすぼめていった。「いまのままで問題ない」ティンはちょっとむっとしたけれど、トマスのいうことは絶対だ。

トマスとの小さい衝突《しょうとつ》が二、三回あったほかに、ティンが象使いとして苦労したのは、訓練をはじめる前のできごとだった。別の村の人が、自分の雄《おす》の象とレディとの子どもをつくりたいといってきた。レディは妊娠《にんしん》し、二十二か月後に男の子を産《う》んだ。ティンはその子象に、マウンテンという名前をつけた。ティンが小屋をつくったのは、そのときだ。一日じゅう、レディとマウンテンのめんどうをみてやりたかったからだ。だけどマウンテンは半年で死に、レディは長いこと元気をなくしたままだった。体重もぐんと落ち、あばら骨が突きだすほどやせ細った。ティンもやせて、あばら骨が突きだすようになった。そんなふうにティンとレディはいっしょにつらいときを乗り切り、それ以来、心が通じ合うようになった。

いまレディはまた、村にやってきた野生の象の子どもを身ごもっている。もう二十一か月になるから、いつ生まれてもおかしくない。理由はわからないけれど、この村ではまだだれも、象の子を育てるのに成功していない。ティンは自分がひとり目になろうと心に決めていた。

ティンは鎖をレディの脚《あし》にゆわえて、鼻をたっぷりかいてやった。「学校がおわったら、またくるよ」レディはもう、竹が気になってしかたないようだ。ばからしいとは思いつつも、出かける前からもうレディとはなれるのがさみしい。ティンは毎朝、レディの水浴びの川からほかの象使いより遅くにもどってくる。ティンが学校にいっているあいだ、木材や穀物《こくもつ》を運ぶ仕事がないかぎり、レディは鎖につながれたまここにいる。

ティンは、村のほうに歩いていった。村を囲んでいる柵《さく》は竹でできていて、先がとがっている。数年前、アメリカ人にいわれて、村人たちでつくったものだ。この柵があれば、村を守ってくれるし、ベトコンに、この村は味方じゃないと知らせることができる。ティンは門をぬけてなかに入った。門には、緑と赤と白の部族の旗《はた》がかかげられている。象の絵も描いてあって、ティンはもちろん、その旗が大好きだ。

いそいで長屋の立ち並ぶ前を通りすぎる。長屋はどれも同じに見える。わらぶき屋根が斜《なな》めになって、高さ数メートルの脚が建物を支えている。家は、どれも南むきだ。アメリカでは、どの家もとなりの家とはちがっていて、通りによっていろんな方向をむいているそうだ。そんなの、なんだかばらばらでかっこわるいような気がするけど、ぼくが決めるようなことでもないいな。

家族が住む長屋にむかう途中、チッチッと舌をならしながらニワトリ小屋の戸をあけた。ニワトリたちはエサを求めて走りまわっている。いろんな色のニワトリがいる。赤、黒、白、茶。前に、ティンがニワトリに話かけているのをおもしろそうにながめていた特殊部《とくしゅぶ》隊《たい》の兵士が、どうやって自分の家のニワトリを見分けてるのかとたずねたことがある。ティンは失礼になっちゃいけないとは思いながらつい笑って、答えた。「自分のニワトリは自然にわかるし、むこうもこっちがわかります」アメリカ人って、たまにおかしなことをいう。いなくなって、さみしいな。それにアメリカ人は、北ベトナムやベトコンと戦うための武器をたくさんもっている。中央高地ではアメリカ人がいたときのほうが、たとえ毎晩のように銃声がきこえていても、安全に暮らせていた気がする。銃声はいまも、きこえてくる。

ティンは、丸太をのぼって長屋に入った。百三十メートルの奥行があって、村ではいちばん大きい。ティンの一族はぜんぶで六十人もいて、母親たちのお腹《なか》にもふたりいる。ティンがまだ足を踏みいれたこともない部屋もある。たいていいつも、出入口から自分の家族の部屋にまっすぐむかうからだ。いちばんはしっこに住んでいる伯母さんのひとりは未《み》亡人《ぼうじん》で、部屋をぜんぶ自分だけで使っている。まだ三十二歳だけど、三回も夫を亡くしていて、それからは正直だれも、結婚《けっこん》したがらなくなった。

ティンは、七人いる伯父さんのひとりに軽く頭を下げた。入口のところでマットを敷いてごはんを食べている。伯父さんは、ごはんをかんで飲みこんでから、ティンに話しかけた。

「今日も学校にいったらしっかりやれよ。お母さんがどんなに期待してるか、わかってるな」

「まじめに勉強するよ」ティンはいったけど、どうせ信じられていないのがわかる。ぼくがこう答えても、だれも信じてくれない。こんど学校のことをいわれたら、ちがうふうに答えてみようかな。「シュア」とか、アメリカ人みたいにいえばいいのかもしれない。

ティンは家族の住む部屋にいき、教科書を手にとった。見ただけで気がめいってくる。開く気にもなれない日がほとんどだ。学校っていうのはどうして、生徒が全員ちがうのに、同じ教科書を使うんだろう。そんなの、へんだと思う。

ティンは、自分は学校にいく必要などないと思っていた。象使いとして、毎日ちゃんと仕事がある。村には、象は欠かせない。母さんと父さんに何度も、学校にいかなくてもいいよねとせがんでいた。何週間も立てつづけに説得《せっとく》を試《こころ》みてから、つぎの数週間は何もいわずにいる。そうすれば、せがむたびに初めてみたいにきこえるかもしれないから。もしかしたら、母さんと父さんは根負《こんま》けしかけてるのかもしれない。たまに、学校のことをたのんだとき、ふたりがなんとなく顔を見合わせることがあるから。意見がわかれてるのを子どもの前で見せたくないとき、いつもする顔だ。

学校にいくというのは、母さんがいいだしたことだ。ティン、姉のユエ、ジュジュビーというあだ名の妹の育て方に関しては、父さんはいつも母さんの味方をする。ラーデ族の女性たちは、いばっている。中央高地で暮らす三十いくつかあるデガの部族のなかには、女性がもっとおとなしい部族もあるときいたことがある。だけどラーデ族の女性は、権力を握《にぎ》っている。母さんがティンを学校にいかせたがったのは、そのうち街へ出られるようにするためだ。「そうすれば、もっといい暮らしができるわよ」母さんはよくいっていた。ティンは、べつにいい暮らしなんかしたくない、といいかえしたかった。学校以外は、いまの生活に満足している。レディが死んだら、街に出ることを考えてもいいかもしれない。だけどレディはまだ二十一歳だし、象は六十年以上は生きる。四十年後には、ティンは五十三歳だ。そうなったら、母さんのいういい生活をしたくなるかもしれない。だけど、レディが死ぬなんて考えたくもない。たまに、ずっと先のことなのに、ティンはレディが死ぬことを考えて泣いた。

長屋にはいま、伯父さん以外だれもいない。姉さんと妹はまちがいなくとっくに学校にいっただろうし、ほかの人たちは畑に出てはたらいている。ティンは村を出るとき、その人たちのほうを見た。みんな毎日、ほとんどかわらない暮らしをしている。だけど、ティンにとっては毎日があたらしかった。

ティンは、レディのほうを最後にもう一度見てから、学校にむかうためにジャングルに入っていった。遅刻《ちこく》だ。毎日のことだけど。前にソラット先生に、罰《ばつ》として脚をぴしゃりとたたかれたことがある。でも、ぜんぜん痛くなかった。先生はすごくやさしいから、生徒にきびしい体罰をあたえない。それにもし強くたたいたりしたら、父さんが学校をやめさせるだろう。たまに、わざと悪いことをして強くたたかれようかと思うことがある。そうすれば、学校にいかなくてよくなる。だけどそんなことをしたら、母さんにちがう学校にいかされるかもしれない。もっと遠くて、きびしい先生がいる学校だ。それにソラット先生は、役に立つおもしろいことをものすごくたくさん知っている。だけどどういうわけか、めったに教えてはくれない。たとえば先生は前に、タイではアメリカ人の観光客《かんこうきゃく》が象使いにお金を払って象に乗ると話してくれた。いったい、いくらくらいするのかな。先生はタイの雑誌《ざっし》を生徒にまわしてくれたこともあって、そこには色を塗《ぬ》られてパレードをしている象の絵がのっていた。いつか、ぜったいに見てみたい。それに、タイは東南アジアで起きたどの戦争にも加わったことがない。つまり、すごく楽しい国ってことだ。あと、ソラット先生はアメリカにいったこともある。アメリカは小雨のことを「嵐《あらし》」と呼んで、嵐のことを「豪雨《ごうう》」と呼ぶそうだ。あと、アメリカ人は外国に「バケーション」でいくのが好きだともいっていた。「スモッグ」の話もしてくれた。アメリカ人は、ほとんど室内ではたらいているそうだ。それって、どんな感じなんだろう。毎日建てもののなかではたらくなんて、ぼくだったらおかしくなりそうだ。とにかく、先生はすごくおもしろい話ができるはずなのに、ふだんはつまらない話しかしない。ティンには、ふしぎでしかたない。

ティンは教科書を上に投げてはキャッチしながら歩いた。ジャングルのこの道は数えきれないほど通っているのに、半分くらいきたところで、ふいにこわくなってきた。まるで、だれかに監視《かんし》されているみたいだ。あたりを見まわしてみても、かわったところはない。このぼんやりとした恐怖《きょうふ》は、北ベトナム軍が南ベトナムにどんどん積極的《せっきょくてき》に兵士を送りこむようになるにつれて、ひんぱんに感じるようになってきた。いちおうは、北ベトナムが協定《きょうてい》をやぶったらアメリカ人が「きびしい報復措置《ほうふくそち》」をとることになっている。ソラット先生が教えてくれた一九七三年の「ベトナムにおける戦争の終結《しゅうけつ》と平和回復の協定」のことで、それをもってアメリカは、北ベトナムと南ベトナムの戦争への介入《かいにゅう》を終えた。話し合いはパリでおこなわれたので、父さんはパリ協定と呼んでいる。ティンが知っているのは、北ベトナムはその協定をやぶったのに、アメリカは何もしてこないということだけだ。ティンが思うに、もし一九七三年の協定に「パリ協定」みたいなもっと短い名前がついていたら、北ベトナムもちゃんと守ってくれたんじゃないかって気がする。ただの思いつきだけど。

学校の建てものも長屋になっていて、困ったことに窓がついていた。ティンが窓を見たことがあるのは、ここだけだ。どうして困るのかというと、ソラット先生よりも景色《けしき》を見ているほうがおもしろいからだ。つまり、授業に集中できない。

やっと学校に着くと、ティンはこっそり席について教科書をひらいた。ソラット先生は知らんぷりをしている。休んでいる男の子も何人かいて、ティンは理由を知りたかったけれど、だまってすわっていた。先生は、名詞と動詞《どうし》について説明している。ああ、これなら象使いにも役に立つな。授業のほとんどはフランス語で行なわれる。学校ができたのは、フランス人が一九五〇年代にベトナムにいたころだからだ。いまはもうフランス人はいないけれど、言葉だけ残った。英語で授業をする学校もあるけれど、ティンの家からは遠くて、母さんは学校に通わせるために村の外で暮らすことは望まなかった。しかも母さんは、フランス語が好きだ。〝ボンジュール（こんにちは）〟とか、〝オルヴワール（さようなら）〟とか、〝ボクー（たくさん）〟とか、じっさいに使ったりもする。〝ボクー〟は、アメリカ人も好きでしょっちゅう使っていた言葉のひとつだ。この戦争は、〝ボクー〟なものだらけだから。たくさん《ボクー》の兵士、たくさん《ボクー》の武器《ぶき》、たくさん《ボクー》の死。

ソラット先生がふいに生徒のほうにむきなおり、ベトナム語でいった。「そうそう、忘れていた。私の家の手つだいをしてくれる人をさがしているんだ。妻が身重《みおも》で、子どもたちの世話をしてもらいたい」

「姉が、牛の世話をできます」ティンはいった。

「うちには牛はいない」

「じゃあ、ニワトリ」

「ニワトリもいない」

たまにティンは、先生はいったいどうやって生きていけてるんだろうとふしぎに思う。

「じゃあ、だめですね」ティンはいった。

「だれか思い当たる人がいたら、授業のあときてほしい」

少年たちは、先生が黒板に書いているあいだおとなしくしていた。先生は書きおわると、いきなりいった。「ティン！」

ティンは立ちあがった。「おはようございます《ボン・マタン》、ムシュー・ソラット」

「ボン・マタン、ティン。ごきげんいかが《コマンタレブー》？」

「元気《ビアン》です、ムシュー・ソラット」

「宿題はやりましたか《アヴエ・ヴ・フエ・ヴォ・ドゥヴワール》？」

「いいえ《ノン》、すみません《ジュ・ルグレット》、ムシュー・ソラット」

先生は、くちびるをぎゅっとすぼめた。宿題のことなんて、思いだしもしなかったよ。

「ユエン、宿題は《ヴォ・ドゥヴワール》？」

「いいえ《ノン》、すみません《ジュ・ルグレット》、ムシュー・ソラット」

「だれか、宿題をやった者はいるか？」先生は、ベトナム語で叫んだ。

ムノン族の〝大男〟と呼ばれてる少年が手をあげる。先生はまた、くちびるをすぼめた。

「この文章を図解できる者は？」先生は、返事はわかっているみたいにあきらめ顔でいった。また、大男だけが手をあげる。

ふいに外で銃声がひびいた。クラス全員が、床につっぷす。教室のひとつしかない窓が粉々に割れて、ガラスの破片《はへん》が飛び散った。外で笑い声がする。

銃声は、とくにめずらしくない。戦争はティンがおぼえているかぎりずっと、つづいていた。ティンが生まれる前はフランス軍がベトナムで戦っていたし、そのあとアメリカ軍がきて、そして出ていった。いまは北ベトナムと南ベトナムが戦っている。北は共産主《きょうさんしゅ》義《ぎ》で、南はちがうから、それが問題らしい。ティンは、ベトナムが共産主義になるのはいやだと思っていた。規則《きそく》が多すぎるからだ。ただでさえ、人生には規則がたくさんあるのに。

だけど、ティンの好きな伯母《おば》さんは、アメリカ人をきらっている。村の男たちが何人か、アメリカ人といっしょに戦って殺されたからだ。伯母さんは長屋のもち主で、自分がいちばんえらいみたいにいばっているけれど、じつはすごくおもしろい人で、いつも大笑いさせてくれる。もっともティンもじつは、何に笑っているのかよくわかっていないけれど。

レディを含めた一族の財産をぜんぶもっているのも伯母さんなので、ティンは伯母さんを尊敬《そんけい》していた。それでも、アメリカ人のことは好きだ。アメリカ人だけは、デガのことを平等にあつかってくれた。父さんが、何度もそういっていた。だから、やっぱりほんとうなんだろう。

ティンは先生が、もう立ちあがってもだいじょうぶだといってくれるのを待っていた。真ちゅうの腕輪《うでわ》をなんとなくじゃらじゃらいわせる。ふと見ると、友だちがいなくていつもひとりのホンが、自分のいすの下にしゃがんで本を読んでいた。ホンはいつも、歩いているときでも読書をしている。ユエンは、机の下をはっている大きな黒いクモを見つめている。ユエンはティンの親友だ。歳はひとつ上だけど、誕生日がいっしょだからだ。同じクラスにいるのは、ユエンがティンに一年遅れて入学したからだ。

少年たちはしばらく床にうずくまっていた。先生が立ちあがっていう。「もういなくなったな」

「先生、だれだったんですか?」ユエンがたずねた。

「さあ、わからないな」先生はいって、窓の外を見た。

ティンも立ちあがって、窓の外をながめる。何もかも平和そうだ。気温はたぶん二六度くらいで、朝の霧《きり》は晴れ、空はいつもどおり真《ま》っ青《さお》だ。ユエンの家には、村でひとつしかない温度計がある。温度計がきてからというもの、みんなはしょっちゅう、何度なのか知りたがるようになった。以前は、外に出てあったかいか寒いかを確かめるだけでよかった。

でもいまは、温度計がなくちゃわからない。

風が窓ガラスのあったところからふいてきて、ティンの顔をなでた。ほんとうに、うつくしい日だ。

〝大男〟はその日の午前中、ソラット先生がする質問のほとんどぜんぶに答えようとがんばっていた。それほど賢《かしこ》くはないけれど、いちばん努力している。成績は、二番目か、三番目だ。ティンは心のなかで、自分が二番目に頭がいいと思っていた。ただ、成績がよくないだけだ。なんで勉強なんかする必要がある？　ぼくは、象使いなんだよ！

午後はほとんどずっと、数学と語学の勉強だった。放課後、ティンは友だち数人といっしょに歩いて家に帰った。風が強くなってきて、頭上にそびえる木々をゆらす。木は葉っぱがびっしりおいしげり、背も高いので、ほとんどてっぺんが見えない。「まじない師《し》はこの風のこと、なんていうかな？」ティンはいった。村のまじない師は、この先に起きることを天気で占《うらな》うのが得意だ。

「今日は病気で寝てるよ」ユエンがいう。「あの人の友だちが、よくなってもらうためにブタをいけにえにささげてるところだ」

「いけにえをささげるのは、病気になってからじゃなくて、なる前でなきゃ」

「おまえ、自分がまじない師になったつもりだな」

みんな、げらげら笑った。すると、ユエンがふと真顔になった。

「父さんが、ジャングルのなかにかくれるかもしれないって話をしてた。北ベトナム軍がもうすぐ攻めてくるからって」

「うちの父さんもいってたよ」ティンはいった。胃のあたりがぎゅっとちぢこまるのを感じる。戦争のことを考えると、いつもこうだ。父さんは、もし北ベトナム軍が南ベトナムを武力で征服《せいふく》したら、ジャングルを根城《ねじろ》にゲリラになるといっている。ソラット先生が、ゲリラというのは「破壊行為《はかいこうい》や相手を悩《なや》ませる活動によって、より強力な敵と戦う不正規《ふせいき》な軍隊」の兵士だと教えてくれた。たとえば、ベトコンはゲリラで、北ベトナム軍と同じ側で戦っている。ティンがこの定義《ていぎ》をおぼえたのは、自分もいつかゲリラになるかもしれないからだ。できれば、そんなことにならないことを祈っているけれど。村はジャングルで隔離《かくり》されているし、木がうっそうとしげっているせいで二十歩くらいはなれただけで見えなくなる。だから、北ベトナム軍に家を見つからないってこともありえる……できれば、そうあってほしい。

ティンはつづけた。「アメリカ人は帰る前に、助けてくれるっていってたよ」

「何を助けてくれるんだ?」ユエンがきく。

ティンは、考えこんだ。「戦争に勝てるようにだよ。まだ間に合う」ばかみたいにきこえるのはわかっていた。アメリカがいたときだって、勝てなかったんだから。

「自分から出ていったのに、またもどってくるわけないよ」

少年たちは歩きつづけた。ティンは、ほかの子たちの顔を見た。みんな、子どものころからの知り合いだ。いいあらそうなんて、おかしい。だいたい、自分でもまちがっているとわかっていて、主張するなんてへんだ。ティンは、あとでみんなでサッカーをしようと提案した。

「ティン、おまえ、ボールをまっすぐ蹴《け》れもしないくせに」ユエンがからかう。

ティンは笑った。「おまえだって!」

村に着くころには、だれがいちばんサッカーがうまいか、じょうだんをいいあっていた。いつものようにレディが待っている。レディは、ティンが学校から帰ると、鼻でティンの頭をたたくのが好きだ。本気で痛いこともあるけれど、こうされると幸せな気持ちになる。ほかの子たちが門のほうにむかっているとき、ティンはレディの鎖をほどいた。レディが空のほうをながめる。ヘリコプターが飛んでいた。

ヘリコプターは、ティンが立っている真上を飛んでいった。ティンは上を見ながら音がしずまるのを待った。アメリカ人がいたころ、ヘリコプターはしょっちゅう頭の上を飛んでいた。母さんは、ヘリコプターの戦争と呼んでいた。ティンにはいま頭上を飛んでいくヘリの型の見分けはつかないけれど、アメリカ人がおいていったものかもしれない。

「おかえり、ティン」トマスが、ぶらぶら近づいてきた。「今日は学校で、何を習ったんだ？」

「なんにも。とっくに知ってることばっかりだよ」トマスは笑い、シウと象たちといっしょに、川へと歩いていった。毎日、ティンが帰ってくると川へいく。ティンは、一日のなかでもこの時間が大好きだ。父さんのつぎに、トマスを尊敬している。だれよりも象のことをよく知っているからだ。ぼくだってまだかなわない。

「今日、だれかが窓を撃ってきたよ」ティンは話した。

「だれが？」

「わかんない。笑い声がきこえた」

「ふざけてやってるのかもな」

「うん、そのとおり《アブソリュートリー》！」ティンは大声でいった。

トマスは頭の上に片手をおいて、横に引っぱり首をコキコキと鳴らしている。しょっちゅうこのしぐさをしている。ティンにはおかしな癖《くせ》としか思えないけど、なんともいえない。

ティンは、象たちが静かにジャングルを歩いていくのを見つめた。動物たちはみんな、戦争に巻きこまれてかわいそうだ。父さんが前に、特殊部隊の任務中《にんむちゅう》に、爆弾《ばくだん》が落ちた場所で象が何頭か死んでいるのを見たといっていた。

「もし北ベトナムかベトコンに村がおそわれたら、象を連れて逃げよう」ティンはいった。また、胃のあたりがざわざわする。

「もし、おまえかシウがけがをしたら、おれがきっと、おまえたちの象をつれてジャングルに逃げる」トマスがいった。

「じゃあ、もしトマスがけがをしたら、ぼくがレディとシウとドクといっしょに逃げるときにグレッグも連れていく。約束《やくそく》するよ」

「おれも約束する」トマスは、まじめくさっていった。

ジャングルなら、デガの人たちを何千人も受けいれてくれる。「かわいた布が水を吸いこむみたいに」と、父さんはいう。「ジャングルを武器として使わなきゃいけない」と、よくいっている。父さんはその話をするときはいつも、初めて話すみたいにいうけれど、ティンはまったく同じ話を少なくとも十回はきいていた。

川に着くと、象たちは水を思うぞんぶん飲んでから、鼻で水をすいこんで空中に飛びちらせて遊んだ。それから竹のしげみのほうにのしのし歩いていき、葉を引っぱりはじめた。ティンには、葉っぱと草と果物しか食べないなんて、想像がつかない。あっという間にガリガリになってしまいそうだ。なのに象たちは、そんな食事でもどんどん大きくなっていく。

ティン、トマス、シウは、地べたにすわった。ティンは、戦争のことは忘れようとした。いまのことだけ考えよう。そうだ、考えてみたら北ベトナム軍が村にこない可能性だってある。

ティンは、また象たちのほうを見た。木の皮をはがそうとしている。三人は象たちの気がすむのを待って、連れて帰った。

小屋にもどって、トマスが掃除《そうじ》をしているあいだ、シウはドクをなでながら話しかけたり歌をうたったりした。シウはいつもこうだ。たまに、ドクと会話がはずんでいるときもある。ティンは門のほうにむかった。女の人たちはもう畑から家にもどって、夕食のしたくをしている。肉を料理しているにおいがする。柵の外では、ティンの友だちがまだサッカーボールを蹴りながら走りまわっていた。ティンはかけていって、思いっきりボールを蹴った。めずらしく、ボールはまっすぐ飛んでいき、十メートルくらい先に落ちた。

「ティンがボールをまっすぐ蹴った！」ユエンが叫んだ。「奇跡《きせき》だ！」

「おまえ、うらやましいんだろう！」ティンも大声でいいかえした。

年上の少年たちが数人、通りかかった。「おまえのことなんか、だれもうらやましがらないぞ！」ひとりが叫んだ。ティンは、ユエンがその子たちのあとを追いかけていくのをながめていた。ユエンはいつも、年上の男の子たちにどう思われているかを気にしている。そういうところは、気が小さい。だけど、やることは大胆《だいたん》だ。前に高い滝《たき》から下の川に飛びこんだことがある。ティンには、ぜったいそんな勇気はない。こわくてむりだ。だけど、年上の男の子たちにどう思われようと気にならない。なんとでも思わせておけばいい。ぼくには関係のないことだ。

ティンたちは、男の人たちが畑からもどってくるまで遊んだ。長屋に帰るとちゅう、年上の男の子たちのうちひとり、ピオクが走ってきた。「ティン！　ちょっと待てよ」

ティンが待っていると、ピオクがいった。「な、きいたか？　うちとおまえの家族で話して、三年たったらおれがおまえの姉さんと結婚することが決まったんだ」ピオクは十五歳で、ティンの姉のユエと同い年だ。ユエにはたくさんの結婚の申し込みがきた。ティンの家は、美しい銅鑼《どら》をひとつもっているし、象を一頭、水牛を二十頭、ニワトリをたくさん飼っていて、お米の酒が入ったかめをたくさん地中に埋めて発酵《はっこう》させている。それに畑は、村のどの家族の畑よりも広い。ピオクはもの静かだけど、ティンはピオクが好きだ。ピオクの三つの精霊《せいれい》が満足しているのがわかるし、ユエを幸せにしてくれるだろう。どちらの側からしても、いい結婚だ。ユエはそれほど美人ではないけれど、すごく頭がいいことはだれもが認めている。それに、どこかしら品があって、結婚相手として人気があった。結婚したら、ピオクがティンの家族といっしょに暮らすことになる。そのころにはティンも、自分の結婚相手の家に住むようになるだろう。自分の家族とはなれるのはさみしいけれど、だれもがやっていることだ。

母さんと父さんは、数か月前からユエのことを話していた。いつものように、父さんはすごく時間をかけて考えてから決めた。ここらでは男が妻の家族の一員になるのがしきたりだから、父さんはピオクがうちの一家になじめないんじゃないかと心配していたけれど、きのうの夜、ユエがたのみこんで、やっとうまくいくだろうということになった。

「おめでとう」ティンはいった。

「兄弟になったら、象の世話の仕方を教えてくれるか？」

みんなが、ティンは人間よりも象が好きなんじゃないかという。たしかに、そうだ。ティンは、自分が象と話をできると思われているのも知っていた。たまにおでこをレディのからだに押しつけていると、レディと会話できたような気がするときがある。それはほんとうだ。だけど、シウにはかなわない。シウはドクと長いこと話をしているとき、たまに象の話に耳をすませているみたいにじっとだまっている。

ティンは笑った。「君は姉さんより象を好きになっちゃうかもしれない。そうなったら、姉さんがやきもち焼いちゃうよ」

ふたりは笑った。「とにかく、本気で教えてほしいんだ」

「いつでもいいよ。もう家族なんだから。ほんとうだ」

「今日、手つだおうか？」

「ううん。だけど、朝、学校にいく前にレディのからだを洗うことにしてるから、よかったらいっしょにいこうよ」

姉が、友だちといっしょに歩いていくのが見えた。ピオクがあとを追いかけて、だまったまま女の子たちのうしろを歩いている。ティンは、姿が見えなくなるまでながめていた。姉さん、よかったな。姉さんもピオクも、ちょっとお高くとまっているけど、結婚すれば頭がやわらかくなるだろう。

長屋に着き、丸太をのぼった。てっぺんに、象が彫《ほ》ってある。ティンのまわりにはいろんなところに、象が見える。ぼくの運命そのものだ。

第四章

母さんが、寝室《しんしつ》の外にある台所で、米をたいてジャガイモをゆでている。ニワトリや水牛や豚は、たいてい料理ではなくいけにえとしてつかわれる。食卓《しょくたく》にあがる肉は、狩《か》りでとった獲物《えもの》や、ティンや父さんがジャングルにしかけた魚や小動物用のわなにかかったものだ。長い通路にずらっとならんで、女の人たちがそれぞれの台所で料理をしている。十人くらいが、厳粛《げんしゅく》な儀式《ぎしき》にでも参加しているみたいにまじめくさった顔をしている。長屋のもち主の伯母《おば》さんは、ニワトリを料理しているみたいだ。ティンの家もニワトリを食べられないわけではないけれど、母さんが毎日肉を食べるのをよしとしない。家は裕福《ゆうふく》だけど、母さんが倹約家《けんやくか》だからだ。そういえば、アメリカ人はすごく金持ちだったなあ。

毎日、肉を食べていた。

「学校はどうだったの？」母さんがたずねた。料理をするときはいつも、髪をうしろでたばねている。父さんより背が高くて、丸い顔はすべすべだ。母さんは両手を腰布《こしぬの》でぬぐって、ティンを見つめた。

「学校？　うん、えっと……ねえ、母さん《アミ》、いつもどおりだよ。毎日同じことのくりかえし」

「食事ができるまで、勉強してなさい」母さんはしかるようにいって、また料理を始めた。

「ねえ、アミはさ……アミは、村でいちばんいいお母さんだよ。ほんとうだ」ティンはいった。注意をひこうとして、一歩近づく。

「学校、ちゃんといったんでしょうね？」母さんは、顔もあげずにいった。

「もちろん、いったさ」

「うそをついてるのがわかったら、罰《ばつ》として棒《ぼう》でぶつわよ」

ティンは笑った。「アミはぼくを棒でぶったことなんか、一度もないじゃないか。それに、さっきもいったけど、アミはどこの村にいってもいちばんいいお母さんだし」

「ティン、なんだっていうの？」母さんがため息をついて、またティンのほうを見た。

「どうせ何かたくらんでいるんでしょう」だけど、怒っている口調ではない。

「アミ、ずっといってるけど、アミは史上最高のお母さんだ。感謝《かんしゃ》してるよ。だけどさ、ほら……象といっしょにいても本を読めるけど、学校で象の世話はできない。だから、えっと、ほら、家にいても勉強はできるけど、学校にいってたら象の世話はできないから、だからさ、ぼくが学校にいかなきゃいけない理由なんか、ないんだよ！」ティンは、思い切ってきっぱりいった。母さんは返事をしないで、だまってまた料理を始めた。ティンは肩をすくめて、家族で暮らす部屋にいくと、教科書をおいた。頭がかっかするからもっといってやりたいところだけど、まちがいなく母さんの説得《せっとく》は前進しているはずだ。

ごくたまに父さんといっしょに狩りにいくときだけは、学校にいかなくてもよかった。それ以外は、母さんは何があっても休ませてくれない。三回だけさぼったことがあるけど、ユエの告《つ》げ口《ぐち》で三回ともばれた。そしてその三回とも、母さんは泣きそうな顔をした。その顔を見て、ティンはがまんできる限りは学校にいこうと思った。

外で何かおもしろいことが起きてないかと思って、ティンは入口のほうにぶらぶら歩いていった。ニワトリが一羽、入口に横になっている。帰ってきたときは気づかなかった。

「ニワトリがいるよ！」ティンは、母さんにむかって大声でいった。

「病気なのよ。そのままにしといて」母さんがいった。

ティンは丸太をおりていき、ニワトリたちにチッチッといった。そして、走っていくニワトリのあとを追って、小屋の戸をあけてなかに入れた。

食事の時間になると、ティンは目を閉じて、精霊《せいれい》たちに祈りをささげた。食べものにお礼をいい、家族と、村にいる象たちを守ってくださいとたのんだ。

家族は、床にマットを敷いてすわった。理由はわからないけれど、男の人ははしを使って、女の人は手で食べる。ティンは妹の頭をはしでコツンとやった。母さんが、ちょっとおもしろがっているみたいに、でも怒った顔で軽くしかった。「ティン、やめなさい」妹の名前はリルだけど、みんなジュジュビーと呼ぶ。軍曹《ぐんそう》の奥さんがアメリカから送ってくれていたフルーツ味のキャンディの名前だ。リルはこのジュジュビーキャンディが大好きで、一度にふた箱ぺろっと平らげたことがある。

ジュジュビーが目を見開いてティンを見つめてから、にらみつけた。「アミ、ジュジュビーがまたにらんだよ」ティンはいった。

「ジュジュビー、やめなさい。そうやってにらむと、大きくなったとき、そういう目になっちゃうわよ。精霊の気を損ねてはいけません」

「精霊だって、あたしには怒らないもん。あたし、まだ……えっと……」

「五歳。わかってるだろ」ティンがいう。

「忘れちゃっただけ」

ティンは、ジュジュビーの頭をまたぽんとたたいた。「これで頭がよくなるよ」

母さんは父さんに料理をよそったおわんをわたしてから、子どもたちに自分でとるようにいった。ティンは米とジャガイモをじぶんのおわんにとった。

父さんは、とくに何に対してでもなくうんうんうなずきながら、まじめな顔で米を食べている。「もしかしたら、むこうから銃《じゅう》をよぶんに送ってくれるかもしれない」ぶつぶついいながら、上《うわ》の空《そら》だ。父さんがいう「むこう」というのは、アメリカのことだ。特殊部《とくしゅぶ》隊《たい》は銃をおいていってくれたはずだ。そのほとんどを、ジャングルに埋《う》めてある。

ティンが銃のことをきいてみようと思ったとき、ふいに、象の肉を料理しているにおいがしてきた。ティンは、においに敏感《びんかん》なほうではないけれど、象の肉を料理しているにおいがするとすぐに吐《は》き気《け》がしてくる。「だれか、象をつかまえたの?」ティンは母さんにたずねて、鼻をくんくんさせた。ほかの肉のにおいとそれほどちがわないけれど、ティンにはどういうわけか、むかむかするにおいに感じられる。

「ええ、ニエ家の人たちが野生の小さい象を殺して、友だちを呼んで宴会《えんかい》をしているの。わたしたちは、もちろん呼ばれていないけれど」象を飼っている家では、ぜったいに象を食べない。去年、ある家族が象を食べていたとき、ティンは心のなかでその人たちを呪《のろ》った。数週間後、その家の子どもが四人、マラリアにかかった。ティンは気がとがめて、それ以来、人を呪わないと心に決めた。

夕食後、ティンはむっつりしたまま家族の部屋にもどり、壁《かべ》によりかかってふさぎこんでいた。どうしてジャングルには鹿が、川には魚がいっぱいいるのに、象を殺すんだ？ ほかの家族は出入口のほうにいったので、部屋にいるのはひとりだった。ティンは、なんとかにおいを忘れようとしていた。

ふいに、ジュジュビーがかけこんできて、ティンの頭を押して壁にどんとたたきつけた。ジュジュビーは何をするにも、人の二倍、いっしょうけんめいだ。いっしょうけんめい笑い、いっしょうけんめい泣き、いっしょうけんめいふくれっ面《つら》をし、いっしょうけんめいはたらく。

「何するんだよ！」ティンは叫んで、頭のうしろをさすった。「頭が割れるかと思ったよ」

ジュジュビーは泣きだした。「あたしのこと、好きじゃないんだ！」人にしかられると、ほとんどいつも同じことをいう。

「好きだよ。だけど、頭は割れそうだ」

ジュジュビーは走って出ていった。「あたしのこと、好きじゃないんだ！」

外から大きい声がする。ティンは、なんだろうと立ちあがった。入口で、母さんと父さんがいいあらそっている。「わたしは村を出ていかないわよ」母さんがいっていた。「殺したかったら殺せばいいわ。わたしは出ていかない。ここがわたしの家だもの」

「あいつらがきたら、そんなことはいってられない」父さんがいいはる。「気を損《そこ》ねさえしなければ精霊がいつでも味方してくれると思ったら大まちがいだ」

「どうしてわたしが殺されなきゃいけないの？　わたしはアメリカ人の仕事はしていないわ」

「だが、わたしがした！」父さんは、ほとんどどなっていた。

またこの話か。同じようなけんかを何度もしている。ティンは「出かけてくる！」といって、丸太をおりた。

小屋にいくと、象たちがトマスに刈ってもらった草を食べていた。ティンはレディの鎖《くさり》をはずし、もっと草を食べさせるためにジャングルの入口まで連れていった。レディは新《しん》鮮《せん》な草をむしゃむしゃ食べ、ふいに鼻を遠くにのばして木を引っぱった。ティンはたおれてくる木の下敷きにならないよう、あわてて逃げた。レディの鼻は、小石をつまむのも、木をたおすのも、自由自在だ。ティンはよく、象の中心は、人間の心臓のように鼻なんじゃないかと思う。たまにレディは会えて大よろこびするあまり、鼻をティンに巻きつけてぎゅっとしめることがあって、ティンは息がつまりそうになる。ほんとうはしかったほうがいいんだろうけれど、レディにきらっていると思われたくなくてできない。トマスには、そんな心配はくだらないといわれるけど、やっぱりしかれない。

名前を呼ばれた気がして、ティンは振りかえった。ユエが両腕をふりまわしながらサトウキビ畑を走ってくる。ティンもかけよった。

「どうかした？」ティンはたずねて、ユエの腕をつかんだ。

「アマが呼んでるの」ユエは長い髪を手でまとめて握《にぎ》りしめた。心配ごとや考えごとがあるときの癖《くせ》だ。

「なんの用？」

「知らない。たいせつな用事だから、いそいで呼んでこいっていわれたの。『どうしてあいつはいつも、たいせつな話があるときに限って象のところにいっているんだ？』だって」

「父さんが母さんとけんかしてたから」ティンはいいわけをした。「トマス！　レディをみててくれる？」

トマスは指を二本あげて返事をした。

ティンとユエは、家族の畑の横を通っていっしょにもどっていった。緑色の新芽《しんめ》がまだ小さくて弱々しい。たまに、母さんと父さんは畑の近くで寝る。葉を食べようとする動物をつかまえるためだ。

まだ暗くなっていない空に三日月がかかっている。ティンの伯父さんのなかに、昼間の月のほうが夜の月よりえんぎがいいと信じている人がいる。ティンには、どちらともいえない。そのうちちゃんと研究してみよう。

ユエとティンは、村の門からなかに入った。すぐそこの長屋で、ニワトリ一羽とお米の酒でちょっとした宴会をしている家族がいる。たぶん、軽い病人が出たのでニワトリをいけにえにしたんだろう。数人の男たちが長いストローでかめから酒をすすっている。そのうちひとりが、大きな声でいった。「おれはいざとなったら素手《すで》でもベトコンと戦う」ろれつがまわってないから、かなり酔《よ》っぱらっているらしい。

父さんは、長屋の外で待っていた。入口の支柱《しちゅう》が斜《なな》めになっていて、そのせいで家のなかも少しかたむいている。ちがう部族出身で頭がいかれている叔父《おじ》さんが、家をつくるときにこの部分を手つだったせいだ。ティンのいちばん若い叔母《おば》さんと結婚したその叔父さんは、どうしても自分がやるといってきかなかった。数年前に叔父さんは離婚《りこん》して、自分の部族のところに帰った。ティンには、どうしてみんなが結婚を許《ゆる》したのか、そもそも理解できなかった。そういうわけで、家はかたむいている。母さんが、理由をそう教えてくれた。母さんは、いつかティンが奥さんの家族と暮らすようになったら、どういうふうにふるまうべきか、しょっちゅうお説教している。叔父さんが、やってはいけないほうの見本だ。

家のなかにふたりっきりになれる場所はないので、父さんはティンについてくるように手招《てまね》きした。ふたりで話すときはたいてい、たばこ畑までいく。いそいでいるときは、村の南側の柵《さく》のところで話す。今夜は、父さんは柵のところにやってきた。父さんが考えこんでいるのがわかる。父さんは悩《なや》んでいることがあると、よくティンに話をする。ユエは完璧《かんぺき》すぎるし、ジュジュビーはまだ子どもだからだ。

ティンは、柵のすきまから外をのぞいて、象のようすをみた。レディが、たおした木を引きずっている。レディは自分の食糧《しょくりょう》で遊ぶのが好きだ。「しばらく象のことは忘れてくれ」父さんがぴしゃりといった。

ティンは、びっくりして父さんを見た。ティンがほんものの象使いになったことを、父さんも誇《ほこ》りに思ってくれていたからだ。

「ティン、何人かで話し合ったんだが、ジャングルに移住してゲリラのキャンプをはろうと思う」

「いまさら？　そんな話、アメリカ兵が帰ってからずっとしてたよね？」

「前はなんとなく話題にしていただけだ。いまは、本気で話している」

デガの部族には、アメリカの特殊部隊に協力していた男たちがたくさんいる。北ベトナムかベトコンにつかまったら、犯罪者扱《はんざいしゃあつか》いだ。村が敵におそわれたら、命があぶない。ティンは、父さんみたいにきちんと頭を整理して理解しようと努《つと》めた。なかには、男が村からいなくなれば女の人には危険は及ばないという人もいた。じっさい、東のほうでは男たちが村を捨ててジャングルに逃げたという話もきいた。

父さんが、ティンをつついた。「どういうことか、わかるか？」

「ジャングルで暮らすかもしれないってこと？」

「ジャングルで暮らす、ということだ」

初めてきく話ではないけど、父さんの口調がものすごく暗いから、ティンは背筋《せすじ》がぞっとした。父さんがいうなら、ほんとうのことにちがいない。ティンは眉《まゆ》をよせてうつむいた。ちょうどそのとき、大きなゴキブリがティンと父さんのあいだをかさこそ歩いていった。もしかしたらいい前兆《ぜんちょう》かもしれないけれど、逆かもしれない。ティンと父さんのあいだに虫が通って、ふたつに割かれてしまった。

ベトナムが南北にわかれて戦って、北ベトナムが勝ちそうなことは知っている。それだけは、確かなことだ。アメリカ人がいなければ、南ベトナム軍は北より弱い。南ベトナムのなかにはすでに降伏《こうふく》した軍隊もあるけれど、デガの部族たちはそれとは関係なく戦争をつづけるだろう。

特殊部隊に協力しただけではなく、デガの多くはアメリカが撤退《てったい》したあと、南ベトナムレンジャー部隊に加わった。父さんは、三年間アメリカに協力したけれど、アメリカ兵がいなくなったあとは、畑仕事と狩りしかしていない。

「南ベトナムはもうすぐ降伏するの？」ティンはたずねた。

「降伏するか、ただ侵略《しんりやく》されるかのどちらかだ。わたしにはわからない。だが、間もなくどちらかに決まるだろう」

父さんはまだ三十三歳だけど、顔にはしわがたくさんある。暗くなってきたのに、そのしわがいつもよりくっきりして見える。ティンはなんとなく、父さんの手を見つめた。血管《けっかん》がみみずばれみたいに走って、手首から腕《うで》までつながっている。

「間もなくって、どれくらい?」ティンはたずねた。

「来年かもしれない。明日かもしれない。その間のいつかかもしれない」

「だけど、アマ……」あわれっぽい声を出しているのが自分でもわかる。ティンは、きちんと整理して話そうとした。「だけど、アマ、特殊部隊がいなくなってからずっと、いつそうなってもおかしくないって話は出てたよね」

父さんは、両手をティンの肩においた。「ティン、現実にむきあわなくちゃいけない。おまえはもう、一人前の男だ。北ベトナムはおまえを再教育収容所《さいきょういくしゅうようじょ》に入れるかもしれない」

ティンは、胃がきりきりしてきた。再教育収容所に入れられたら、いまの自分を変えられて、いい共産党員《きょうさんとういん》になることを教えこまれる。再教育なんか、されたくない。必要なことならもう、だいたい知っているんだから。ティンはまた、象たちのほうをちらっと見た。レディが柵のほうをじっと見ている。ティンがいることを知っているみたいだ。ティンは父さんのほうにむきなおった。父さんはきびしい顔でティンを見つめている。

「ぼくは、そんなのこわくない」

「まだわかっていないようだな」父さんが、ぴしゃりといった。「わたしがいっているのは、いずれおまえとおまえの友だちで、象たちをジャングルに連れていかなければいけないということだ。そのままジャングルで暮らすんだ」

「どれくらいのあいだ？」

「父さんがいいというまでだ」

「だけど、父さんにどうやってぼくたちの居場所がわかるの？」

父さんは、ティンから目をはなさない。「まだわからない。初めてのことだからな」

「だけど……」父さんにわからないなら、ほかにきける人なんかいない。「どういうこと？　どういう意味……わからないって？」ティンは話のつづきを待ったけれど、父さんはもう考えごとをやめてしまった。父さんはものを考えるのが大好きで、あたらしい考え方を学ぶために自分で読み書きを勉強したほどだ。ティンは、父さんがその先をいってくれるのを待った。だけど父さんが口をひらかないので、たずねた。「アミは？　ユエとジユジュビーは？」

「母さんも村を出なければいけない。たとえ母さんがいやがっても、父さんは出ていく。それしか生きる道はない」

「だけど、アマがそばにいてアミを守ってあげなくちゃ」

「弓でか？　弓ではどうにもならない」

「だけど、アマ、アメリカ人は、助けてくれるっていってたよね。軍曹だって約束してくれた。きっと何が起きてるか、知らないだけなんだよ」

「知らせを送ればいいんだよ」父さんはたまに、アメリカ人はもどってくるといっていた。最近は、いわなくなったけど。

「ティン、アメリカ人が助けてくれるといったのは、二年前だ。そのあとどうなった？　アメリカ人はもうもどってこない。はっきりいえる」

ティンは、父さんの目をのぞきこんだ。決意がかたいのがわかる。ティンのほうが、先に目をそらした。ティンにも、はっきりとわかった。アメリカ人はもう、もどってこない。

「アマ、いつ出発するの？」

「明日、そのことについて話し合いがある」

「ぼくもいっていい？」

「もちろんだ」

「もう学校にはいかないよ」

「母さんも承知している。さっき、その話をした。さあ、象のところにいっていいぞ」

ティンがむこうへいこうとすると、父さんがまた手をティンの肩においた。「わたしは、お母さんのためなら死ねる。だが、わたしの命をもってしてもお母さんを救えないのが現実だ」

「弓で殺せばいい」

「ひとり殺しても、百人の敵がいたらなんにもならない。さあ、もういきなさい」父さんはふとやさしい目をして、ティンの髪をくしゃくしゃっとした。それから、長屋のほうにもどっていった。

ティンは門のところで立ちどまって、村をじっと見つめた。平和そのものに見える。姉と同じクラスのソン・ニが、家族で飼《か》っているニワトリにむかってチッチッといっている。夕日が柵の西側に沈《しず》んでいく。トマスのお母さんは、庭でナスの手入れをしている。このナスがどうしてこんなにおいしいのか、だれも知らない。トマスのお母さんは、秘密にしてだれにもいわない。ティンには秘密はない。でも母さんには、たくさん秘密があるらしい。たとえば、父さんと結婚するまえに好きな人がいたかどうかとか。あと、水牛のシチューのとくべつな作り方も、だれにも教えない。

まだ象の肉のにおいがする。きっとわるい前兆だ。畑を通って近づいていくと、レディがティンに気づいてそわそわし始めた。こちらにむかって歩きだしたけど、鎖につながれていたら止まるところまでくると、ぴたっと止まる。レディ、畑の上を踏《ふ》まないでくれよ。母さんと父さんに、どうして鎖につないでおかなかったんだって怒られちゃうよ。ああ、だけど、怒られないかもしれないな。いまは、大きい心配ごとがあって、それどころじゃないから。

象小屋にいく途中で、ティンは、だれかに見られているような気がした。このごろよくある。ぱっと振り返るけど、だれもいない。不安でしかたなくなって、ジャングルを見つめた。監視《かんし》されているんじゃないかという思いがどんどん強くなってきて立ちどまる。でも、だれもいない。そのまま小屋のほうに歩きつづけた。竹を折ってレディにやったけれど、興味を示さない。嗅覚《きゅうかく》がものすごくすぐれているから、ニエ家が象の肉を食べているのに気づいているのだろう。

ティンはあおむけに寝ころがって、最初の星が空にあらわれて光るのをながめていた。戦争《ムトウ》は星のようにやってきて、最初はちらちらしているだけだったのに、どんどん強く光りだした。

やがてあたりは真っ暗になり、星しか見えなくなった。ジャングルの木の葉が風にゆれる音に耳をすます。ふいに、その音が愛《いと》おしく感じられた。顔をなでる風も愛おしい。こうやって地面に寝ころがっているのも、すばらしい。トマスもシウもティンも、象の近くに横になるのが好きだ。あぶないけれど、安心する。象に踏まれてしまうかもしれないけど、だいじょうぶだ。象は、ちゃんとわかっている。

つぎの日の朝、ティンは日の出とともに目を覚ました。とっさに、また宿題を忘れたと思った。だけど、どんな宿題が出てたっけ。そのとき、今日は学校にいかなくていいんだ、と思いだした。もう二度と、いかなくていいかもしれない。そう思ったらふいに、学校にいきたくなった。学校は、いつもかわらずそこにある。いまぼくは、いつもとかわらない生活がしたい。

「きのうの夜、銃声がしなかったか?」トマスがたずねた。トマスは夜、象の近くで寝る日と家族といっしょに家で寝る日が半々だ。シウが近づいてきて、何もいわずに近くにすわる。いつものことだ。

ティンは首を横にふった。何もきこえなかった。はじめて遠くに銃声をきいたときは、ちっとも危険に感じないことにびっくりしたっけ。

「父さんが、今日は全員が集まる村の集会があるといっていた」トマスがいう。

「うん、ぼくもきいた。ねえ、こわくない？」ティンはたずねた。

「いいや……いや、うん、こわい。ティンは？」

「こわい。早く戦争がおわってほしいよ。そうしたら、ふだんどおりの生活にもどれるのに」そういいながらも、むりだとわかっていた。ふつうの生活になんて、二度ともどれないだろう。

シウが、ティンの建てた小屋の上にのぼって、そこからドクの背中にうつった。そのあと三人で、象を連れて川につづく広い道を歩いた。川に着くと、象たちはいつもどおり、たっぷりと水を飲んだ。一日二百リットルくらい水を飲むから、かなり時間がかかる。

「象たちをおいてはいけない」シウがきっぱりいった。

だれも返事をしなかった。もちろん、ティンだって象をおいてはいけない。だけど、どこへ連れていけばいいんだろう？　象たちは水を飲みおえると、竹のしげみのほうに歩いていった。レディが新芽を鼻でつまんで、しばらく地面で転がしてから食べた。いつもなら、ティンがひとりで最後まで川に残るけれど、今日はほかのふたりもなかなか帰ろうとしない。シウは、ドクの背中に横になっていた。ふいに、シウのほっぺたに涙《なみだ》が伝った。シウは十五歳だけど、ティンはいつも自分より年下のような気がする。まだ声変わりしていないし、傷つきやすいから、めったなことはいえない。

ティンとトマスは顔を見合わせた。ティンがいった。「シウ、だいじょうぶだよ」

「こわいよ」シウはとうとう泣きだした。

「ぼくたちだって、こわい」トマスがいった。「みんな、こわいんだ。父さんたちだって、こわがってる。おじいちゃんたちだって。村長だって、こわいんだ」

「シウ、ぼくたち、ジャングルで暮らすんだよ。狩りの仕方だって知ってる。安全だよ」ティンは、シウを元気づけようとしていった。そうだよ、ほんとうに安全かもしれないじゃないか。

「ジャングルになんか住みたくない。ドクといっしょにここにいたい」

象たちが食べおわるころもまだ、シウは泣いていた。

小屋にもどると、トマスがいった。「鎖はつけないでおこう。もし敵がきたら、ジャングルに逃げられるように」

「レディ、好きにぶらぶらしてていいぞ」ティンはいって、レディの大きくなったお腹《なか》をたたいた。「すぐにもどってくるから」だけど、レディは勝手にどこかにいったりしない。鎖があるのとかわらないところまでしかいかない。すっかり人間に慣《な》れているから、ぼくに何かあったら、ジャングルでは生きられないかもしれない。ティンは生まれてはじめて、レディが野生ではないことを後悔《こうかい》した。

ティン、トマス、シウは、だれもいない畑を横切っていった。朝になっても畑に人がいないなんて、はじめて見る。みんないつも、ティンが学校にいくころにはもうはたらきはじめていた。ラーデ族は、はたらき者であることを誇りにしている。生活のすべては仕事を中心にまわっている。だけど、いまはそれどころではなくなってしまった。

第五章

村にもどったら集会の話でもちきりだとばかり思っていた。ところが、不気味な静けさが空からふる灰《はい》のように村をつつんでいる。黄色い草ぶきの屋根が風にふるえている。どの家の庭も水田もほったらかされ、だれひとり、ニワトリを外に出そうとも思わなかったらしい。いつもなら朝のこれくらいの時間には、ニワトリがあちこちで鳴いているのに。

ティンが家にもどると、家族と親戚《しんせき》全員が集まって、入ってすぐの大部屋の床にすわっていた。親戚はみんな、目を閉じて手を合わせている。こんなようすを見るのは初めてだから、儀式《ぎしき》ではないんだろう。すぐに目の前の世界とむきあうことにたえられないらしい。

ティンもすわった。ジュジュビーがすぐにすりよってくる。鼻血を出したらしく、小さい布切れが右の鼻につまっている。ジュジュビーはいつも元気いっぱいだけど、鼻血を出すと急におとなしくなってティンのそばをはなれなくなる。母さんはしょっちゅう鼻血を出すジュジュビーのために、いつも小さい布切れを用意している。

「いっぱい出たのか?」ティンはジュジュビーにたずねた。

「うん。四度も布をとりかえたんだよ」

ティンはジュジュビーのからだに腕《うで》をまわしてぐっと引きよせた。

銅鑼《どら》の音がひびいたけれど、だれも動かない。まるで、銅鑼など鳴っていないみたいだ。母さんは、目さえあけない。そのとき父さんが立ちあがると、母さん以外全員が立ちあがった。ほかの人たちが丸太をおりていっても、ティンはぐずぐずしていた。「アミ? もういくよ」

やっとのことで、母さんが目をあけた。まるでおばあさんみたいに、ゆっくりと立ちあがる。ティンは、ジュジュビーと母さんが丸太をおりるのを待っていた。部屋のなかをじっと見わたす。この目に焼きつけたい。この家のことを忘れたくない。それから、ティンはひとりで集会にむかった。

独身者専用の長屋から、男たちが出てくる。三十代後半の人もいる。戦争中ともなると、心配する家族がいないほうがいいのかもしれない。だけど、家族がいないなんて考えられない。

集会は外でひらかれた。集会場には五百人いる村人全員は入れないからだ。ティンは、近くでなりゆきを見守りたくて、いちばん前にすわった。まじない師《し》が杖《つえ》をもって近くにすわる。ジャングルによく落ちているただの棒のように見えるけれど、それは見せかけだ。まじない師はこのすばらしい杖をつかって、精霊《せいれい》と会話をする。今日はどんないけにえをささげればいいか、この杖が教えてくれるはずだ。

まじない師は、ラーデ族にしては背が高い。アメリカ人とかわらないくらいだ。やせているけれど、お腹《なか》だけ出ていて、ジュジュビーがなかにいたころの母さんみたいにぽっこりしている。だけどティンはいま、まじない師の顔に目が釘《くぎ》づけになった。片目がもう片方より大きくて、くちびるの片方のはしっこがやけにくいっと上がっている。そのせいで、ふつうの人とはちがって見える。

男たちのなかには、暗い顔でパイプをふかしている人もいる。ふたりのおばあさんが、偉大《いだい》な悪の精霊、ヤン・リーにいけにえをささげる相談をしているのがきこえてきた。去年、ティンはヤン・リーにつきまとわれたことがある。石につまずいて足首をくじいたかと思うと、つぎの週はべつの石につまずいて手首をひねった。母さんと父さんがニワトリを二羽、ヤン・リーにいけにえとしてささげてから、ティンはけががをしなくなった。だから、ヤン・リーがいけにえに目がないのはわかっている。

ラーデ族は、しょっちゅう精霊のことを考えている。あらゆる生物、無生物には少なくとも精霊がひとつ、宿っている。だから、いつも気をつけて動かなくてはならない。たまに母さんは、精霊のことで心配しすぎて夜も眠れないことがある。ティンはよく、卵《たまご》をゆでて家族のためにひとりでいけにえをささげる。いまのところは効果《こうか》があって、家族はここ数年、お金に困ったことがない。うちの家族は、とても運がいい。

村長は、頭からつま先までカーキ色の軍服《ぐんぷく》でやってきて、集まった人たちにむかってむずかしい顔をした。みんな、だまりこむ。村長はいつももったいぶっていて、安らかな顔をしていたためしがない。話しながら、手をしきりに動かす。いつものことだ。たとえば、夕食はナスにしようかトウモロコシにしようかという話をしているとしても、芝居《しばい》がかった身振《みぶ》りで声をはりあげる。だから男の子たちがつけたあだ名は、〝ムシュー大声〟だ。

村長は咳払《せきばら》いをして、大きな声でいった。「これまで非公式に、つぎはどう動けばいいかを話し合ってきた。こちらが派遣《はけん》したスパイによると、北ベトナム軍がわが村に接近《せっきん》しているそうだ。パリ協定《きょうてい》を毎日のように侵害《しんがい》しているのに、アメリカはまだ助けにはこない」村長は身を乗りだすと、もったいぶって言葉を切った。ティンも思わず前のめりになっていた。「これからまじない師に、助言《じょげん》を求める。どこへいくべきか、どれほどもっていくべきか、いつ出発すべきか」

ティンは、まじない師が杖にたずねるのを待った。「杖にたずねる」というのは、まじない師が自分の杖に助言を求めることだ。とくべつな杖で、精霊が杖を動かして話をしてくれる。まじない師は杖を自分の前に差しだし、その揺《ゆ》れに集中した。前に、アメリカ人が米の酒をさんざんのんで、杖にたずねることがどうして意味をなさないかを説明しようとしていたことがある。だけど、ティンにとっては筋が完璧《かんぺき》に通っている。アメリカ人のいう電気と、どこもちがわないじゃないか？　細い線のなかに電力が通っているというのなら、それと同じく、杖のなかに精霊の力が通っているんだ。ごく当たり前のことだ。

この村は、もっとも力のあるまじない師がいることで有名だ。たまに、ほかの村からわざわざ時間をかけて、この村のまじない師に助言を求めにくる人がいる。ティンは、そんな力のあるまじない師のいる村に住んでいることが誇《ほこ》らしかった。いま、まじない師はまるで腕が宙に浮かんでいくみたいに杖を上にあげている。ティンの見るかぎり、ほんとうに腕が宙に浮かんでいっているらしい。黒目が消え、白目だけが残る。ティンは身動きもしないですわって、その目玉を見つめていた。村長がはっきりとたずねる。「精霊をなだめるには、何をいけにえにささげればいいのですか?」

　まじない師は舌をつきだして、もぞもぞ動かした。前に、舌がどんどんのびていって地面についたことがある。ティンはじっさいに見たわけではないけれど、見たという人を何人も知っている。まじない師は舌をしまい、目もふつうにもどった。両手が、杖をもったままぶるぶるふるえはじめる。ふるえは、かなり長いことつづいた。いつまでたっても、ふるえはおさまらない。こんなに長いのは、ティンもはじめてだ。とうとう、杖の動きが止まった。集まった五百人が全員、音も立てずに見守っている。

「二日以内に村を出ろ」まじない師がついに口をひらいた。「女も、子どもも、年寄りも、村を出ろ。これが、もっとも強力な精霊にしてわれらが世界の支配者、空の偉大な精霊、アイ・ダイからのお告《つ》げだ。どの家も、水牛を一頭、いけにえにささげよ。水牛がなければ、豚を、豚がなければ、ニワトリを」それから、まじない師は人間にもどったようにふつうになった。

　すると、全員がいっせいに立ちあがり、あちらこちらに大あわてで走りだした。ティンは父さんをさがしだして、あせってたずねた。「ぼくはどうすればいい？」

「米の酒を土から掘りだしてくれ」父さんはそういうと、親戚のほかの男たちと話をはじめた。

ティンは、家にむかって走った。

ティンの家のまわりには、米の酒が入った大きいかめが地面に埋《う》めてある。こうやって酒を完全に発酵《はっこう》させていると教わった。ティンは両手をつかってかめを地面から掘《ほ》りだした。犬のように、ひざをついてすばやく手を動かして掘る。土があたりに飛び散る。父さんが何本くらいのつもりでいったかはわからないけれど、二十本くらいは掘りだそうと決めていた。二日後に出発するなら、できるだけたくさん飲んでしまったほうがいい。ティンは作業に集中していた。まるで、自分がどれだけ早くかめを掘ることができるかに家族の生活がかかっているみたいに。ひたすら手を動かしながら、心のなかは必死で考えていた。どこへいくんだろう？　またこの村にもどってこられるんだろうか？　どれくらいジャングルにかくれていればいいんだろう？　象の世話をちゃんとしてあげられるのかな？　みんないっしょにいられるのか、それとも、はなればなれになっちゃうんだろうか？

同じ部族の男たちが死んだ水牛を長屋に運んでいくのを見て、ティンは手を止めた。水牛の内臓《ないぞう》から血がぽたぽた落ちている。父さんがこの前、ラーデ族のいちばん大きな町、バンメートにいったときに買ってきたライターで火をたきつけた。おじさんのひとりが、水牛のからだをいくつかに切り分けはじめた。

ティンがかめを掘りおわるころには、水牛の肉を焼くにおいがあたりいっぱいにただよっていた。でも、まったくお腹がすかない。ティンは父さんに、象小屋にいってくるといった。おたがいの心を読んだみたいに、ティン、トマス、シウがほとんど同時に門をぬけて小屋にむかった。ティンは声をかけた。「トマス！」

トマスはじれったそうにティンを待って「いそげ！」と叫んだ。そしてぱっと背中をむけると、象たちのほうに走りだした。遅れをとったティンも走りだし、シウも追いかけてきた。象たちに川で水をのませるには、ちょうどいい時間だ。象たちはやっぱり、小屋からそんなにはなれていなかった。

川にむかって歩くのは、いい気分だった。ふだんどおりだ。ティンは、いつもと同じことができるのをうれしいと感じていた。

「みんなで村に残ったらどうなると思う?」ティンはたずねた。「ぼくは、アメリカ人に協力したことはないから」

「だけど、おまえのお父さんがしただろう」トマスは、さらっといった。「シウのお父さんだってそうだ。とにかく、特殊部隊《とくしゅぶたい》のためにはたらいたのがだれか、どうやって敵に区別できる？　全員に疑いがかかるかもしれない。じっさいは一部の人間しか……」トマスはそこで言葉を切った。何をいうつもりだったんだろう？　それからトマスは、ゲンにむかっていった。「ナオ！」ゲンはすぐに川のほうに走りだした。とても従順《じゅうじゅん》だけど、トマスのいうことしかきかない。

ふいに、叫《さけ》び声がした。ティンの姉さんとトマスのお母さんが畑を走りながらやってくる。「早く！　北ベトナム兵が近くにきてるの。村長が、全員すぐに出発だって」

ティンは、姉たちのほうにかけよった。「えっ？　まさか、いますぐ？」

「アマが、すぐに村を出なきゃっていってるの！」ユエは、泣きだした。

ティンはユエの手を握《にぎ》り、いっしょに長屋にむかって走った。父さんは、バッグに水筒《すいとう》を詰めている。ティンのほうを振り返ると、怒ったようにいった。「象を連れていけ。いますぐだ」

ユエが、ティンにむかって声をはりあげる。「ほら、すぐよ！　アマが、いますぐっていってるのよ！」

一瞬、ティンは動けなかった。「だけど、アミとジュジュビーは？」

「わたしが連れていく」アマは、今度はゆっくりとそういった。そうしないとティンが理解できないと思っているみたいに。「おまえは、すぐにいけ」

ティンは弓と、あるだけの七本の矢をつかんだ。母さんがつくってくれたきれいな織物《おりもの》のバッグももつ。「早く！」ユエが叫ぶ。ユエもバッグをつかむと、何をいれたらいいかわからないみたいにきょろきょろしている。踏《ふ》み段《だん》をかけおりようとして、最後の二段を踏みはずした。通りはふしぎなくらいがらんとしているけど、どこの長屋からも叫び声がきこえてくる。ティンはユエのあとについて走った。門のところまでくると、ふたりとも止まった。「気をつけてね」ユエがいう。

「気をつけて」ティンもいった。

ティンは象小屋のほうへ、ユエはジャングルのほうへ走っていった。

小屋に着くとまだシウもトマスもきていなかったけれど、ティンは待たなかった。父さんは、いますぐといった。父さんがいうなら、そのとおりにしなきゃいけない。ティンは、小屋においてあったものを片っぱしからつかんだ。レディを洗うためのとくべつなブラシ、おじいちゃんがくれたパイプ、ロープ、フック。そして、フックをゲンの脚《あし》に打ちつけた。

「ナオ！」つぎに、ドクの脚を打つ。「ナオ！」ティンは叫んだ。ドクは走っていったけれど、ゲンは動かない。ティンはもう一度、ゲンの脚を打った。それからレディの首にロープを巻き、バッグを結びつけると、自分の小屋の屋根にのぼってレディの背中にうつった。「ナオ」ティンはいって、レディをフックでつついた。レディは、つつかれてびっくりしたらしく、ぐずぐずしている。「ナオ！」レディが、ジャングルにむかって走りだした。振り返ると、ゲンがまだトマスを待っているのが見える。

ぶつぶついう声がきこえると思ったら、自分のひとり言だった。英語で、「オーケー、アイム・オーケー」としきりにいっている。門のほうを振り返ると、人々がどんどんあふれだしてきている。家のなかで大騒《おおさわ》ぎするのをやめて、今度は同時にジャングルにむかって走りだしたみたいだ。大好きな伯母《おば》さんを見かけた気がするけど、人がいっぱいいて、はっきりとはわからない。心臓がどきどきいう。父さんの心臓も、どきどきしているのかな。きっと父さんはすごく勇気があるから、こんなふうにはならないんだろう。

そのとき、あれほどどきどきしていた心臓がいきなり止まりそうになった。ジュジュビーが柵《さく》のところでひとりで泣いているのが見えた気がする。ティンはレディからおりると、フックを打ちつけた。「ナオ、レディ！　ナオ！」声をかぎりに叫ぶ。レディは走っていった。ジュジュビーの無事をたしかめなければ。早く。

ティンは二回つまずきながら、柵のほうにかけていった。せいいっぱい走ったけれど、妹との距離《きょり》は永遠に縮《ちぢ》まらないような気がする。門のほうに曲がったとき、ティンは恐怖でつんのめって転んだ。北ベトナムの兵士が、アリのように門に群がっている。ティンはまた立ちあがって走りだした。だけど、兵士のひとりが叫ぶ声がする。「止まれ！　止まって、伏せろ！」ティンは地面に伏せて身がまえた。足が振りおろされようとしているのが見える。バシッ！　鼻を蹴《け》られた。ものすごい痛みが顔に走る。「動くな！」その声は、まるで女の子のようにきこえた。ティンは凍《こお》りついた。死にたくない。この兵士だって、もっとたいせつな任務《にんむ》があるはずなのに、なんでぼくなんかにかまうんだ。ティンがそっとのぞくと、その兵士は自分より年下のように見えた。子どもをいじめる以外に、どうしたらいいのかわからないのかもしれない。

そのとき、ティンは村じゅうが荒れくるっていることに気づいた。銃弾《じゅうだん》が飛びかい、人々がジャングルにむかって走り、大勢が口々に叫んでいるので、何が起きているのかわからないくらいだ。よく見るためにそちらをむこうとしたとき、さっきの少年兵の足がまたティンの顔を蹴りつけて、いやなグシャッという音がした。ぼんやりした頭で、折れたのは鼻だろうか、頰骨《ほおぼね》だろうかと考える。顔じゅうがずきずきする。ティンはじっと動かないで横になったまま、何が起きているのかわからずにいた。

やがて、村じゅうが静かになってきた。叫んでいるのは、北ベトナム兵だけだ。アクセントでわかる。どういうことだ？　北ベトナム軍が村を占領《せんりょう》したってことか？　頭がくらくらして、目をあけていられない。ティンは、さっきと同じようにつぶやいていた。「オーケーぼくはだいじょうぶ、オーケーだいじょうぶだ」そして、また身がまえてから、村のほうをむいて目をあけた。すると……ライフルの台尻《だいじり》が、村の独身の男のひとりの頭にむかって、何度もふりおろされていた。頭がい骨から、血しぶきと脳《のう》みそが飛び散っている。「ああ……」ティンはうめいた。吐《は》き気《け》がして、目をあけていられない。

「男は、大人も子どももこちらへ！」柵の内側にいる兵士が叫んだ。「急げ！」

少年兵がティンをさっきよりも軽く蹴った。「さあ、立て」ティンが立ちあがると、少年兵はふいに怒った顔になった。「急げ！　門のなかに入れ！」

ティンはいそいで門を通りぬけた。少年兵がずっとティンの背中にライフルを突きつけている。アユン家とブオヤ家とクロン家の人たちがいるのはわかるけれど、自分の家族の顔がひとりも見えない。これは、いいほうに解釈《かいしゃく》していいんだろうか？　ぼくの家族は逃げられたってことか？　ふいに、ライフルをお腹につきつけられた。「前を見ろ！」少年兵はいつの間にかいなくなっていた。

ティンは、いうなりになっているように見せようとした。少しでも反抗的《はんこうてき》な態度《たいど》をとったら、すぐに撃《う》たれるだろう。

またちがう兵士がやってきた。ああ、なんてたくさんいるんだろう！　その兵士が、責任者らしき人のところにかけよる。「あの家ならじゅうぶんな広さがあります」そういって、ブオナ家の長屋を指さす。

「よし。全員そこに入れろ」責任者がいった。「その前にまず、武器と食糧《しょくりょう》があるか調べろ」

ふたりの兵士がブオナ家の長屋から、銃と弾薬《だんやく》と食糧をあさってきた。ティンは、銃がたくさんあることにびっくりした。十丁、いや、十二丁ももっていたんだ。

ティンは、家族か友だちがいないかと、あたりをきょろきょろした。だけど、知っている顔はどこにも見えない。きれいな女の子が、兵士のひとりににっこりした。兵士もにっこりする。ティンは、びっくりして女の子を見つめた。村でもすごくおとなしい子なのに、いざとなると何をするかわからないものだ。その子の笑顔の下に恐怖《きょうふ》がひそんでいるのがわかる。あとは、何があろうと生きようという意志。たとえ、兵士に微笑《ほほえ》む以上のことをしなければいけないとしても。

エルーという名前の少年が、兵士たちにむかってしきりにいっている。「何か手つだいましょうか？　ぼくにできることならなんでもします」ティンは、これからどうなるのかこわくてしかたなかったけれど、とてもエルーのようなふるまいをする気にはなれない。とはいえ、兵士たちに気に入られるチャンスがほしい。どういうわけか、最初にしくじってしまったようだ。とくに、あの少年兵士に対して。そのとき、ユエンがいるのに気づいた。どこからともなくあらわれたみたいに。心臓がどきどきしてくる。ティンとユエンは、一瞬目が合った。ティンは、よく知っている人の顔を見て、心からほっとした。そしてその直後、罪悪感《ざいあくかん》におそわれた。ユエンがいて喜ぶなんて、いけない。いないことを喜ぶべきなのに。親しい人間がここにいないほうが、いいに決まっている。

兵士たちにせかされて村人たちがなかに入ると、ブオナ家の長屋は収容所と化した。ティンはなかに入る前に、兵士たちをちらっと盗み見た。がりがりにやせていて、すごく若い。百人くらいいるかもしれない。つまり、銃が百丁あるということだ。いちばん年上でも、十九歳か二十歳くらいだ。ティンは、ブオナ家のはしごをのぼった。みんな、まるでそうすれば安全だと思っているみたいに少しでも家の中心部にいこうとして押しあっている。ティンも、ほかの人たちのあとをついていった。家のなかに入ると、身ごもった女の人が寝室の床《ゆか》に横になっていた。女の人が何人か世話をしていて、目を見開いた子どもたちが五、六人、壁《かべ》にぴたっとはりついている。まじない師が身ごもった女の人のほうにかがみこんで、くちびるを動かしてぶつぶついっている。

ティンは、壁におでこをあずけた。ぼくは、もう声変わりをしている。きっとそのせいで、注意を引いてしまうだろう。少年というより、一人前の男に見えてしまうから。そう思った直後、ひとりの兵士が十二歳以上の男とそれ未満の子どもをわけはじめた。ティンとシはシウの姿を見つけて、思わずほっとして、またすぐに罪悪感におそわれた。ティンとシウの目が合ったとき、男たちを呼ぶ声がさらに大きくなった。ティンは顔をしかめてうつむき、ちょっとためらってから、はしごをおりはじめた。

いったん長屋に入れてからまた外に呼びもどすなんて、意味がわからない。そして意味がわからないからこそ、何が起きてもおかしくないということだ。ここにいる兵士たちは、命令にも規則《きそく》にも従《したが》う必要がない。ジャングルのなかでは、規則を強いる人はどこにもいないからだ。

シウがまだはしごをおりているとき、ひとりの兵士がシウの腕をつかんで、理由もなく押した。シウはバランスを失って、地面に転げ落ちた。身を守ろうとしているみたいに両手で頭をかかえている。「何歳だ？」そして、シウがまだ返事もしていないのに、兵士はまたどなった。「何歳だ？」

「十五歳です！　まだ十五です！」シウは返事をした。

さっきの少年兵がまたやってきて、シウの手首と足首にロープを巻きつけてしばった。そして、シウを押しやり、ほかの兵士に大声でいった。「こいつを調べろ」それから、少年兵はティンのほうを見た。「何をじろじろ見てる？」

ティンは、ぎくっとして後ずさった。「何も！　何も見ていません！」声が引っくりかえる。

銃声がきこえて、ティンはぱっとそちらを見た。シウが倒れている。目が、気味悪く光っている。恐怖の光だ。だけど、生きている。だれが撃ったんだろう？　どうして？

そのとき、ティンはだれかに足をすくわれて、そのままバタンと倒れた。考えが、カチカチと切りかわる。まるで、時間が川のように流れていくのではなく、一瞬ごとにわかれているみたいに。

カチッ！　生きている。

カチッ！　死ぬ。

カチッ！　痛い。

カチッ！　シウ。

カチッ！　こわい。

ティンはそのまま倒れていた。こうしていたほうがいいのか、起きあがったほうがいいのか、わからない。雨がふってきて、ティンのからだを濡《ぬ》らした。泥《どろ》のなかで身動きもしないで、精霊に誓《ちか》っていた。もし生きのびることができたら、水牛をいけにえにささげます。だけど、もし精霊がこの村にいるとしても、ぼくには微笑《ほほえ》んでくれていない。

「立て！　立つんだ！」ティンはいわれるとおりに、すぐさま立ちあがった。兵士たちが大人の男たちを、もっと小さい長屋のほうに連れていく。雨はどんどんはげしくなってきた。兵士たちだって、こんなことをして楽しいとは思えない。だれもがみじめだ。老人がつまずいて転んだ。ピオクのおじいちゃんだ。兵士がライフルをかまえたので、ティンは思わず身をすくめた。でも、何も起こらない。その兵士は、老人などどうでもいいみたいに、むこうをむいた。ティンはそのすきに、ピオクのおじいちゃんを立たせてやった。運よく、兵士はだれも気づいていない。

　だけどそのとき、あの少年兵がまたティンを見つけた。ティンは蹴られて転ばされ、足首をロープでしばられた。一瞬、息ができなかった。ああ、殺される。少年兵ともうひとりの兵士がめんどくさそうにティンを抱きあげ、長屋のはしごから逆さづりにした。ティンには、理由がわからなかった。兵士たちはむこうへいってしまい、頭にどんどん血が集まって、頭の皮が爆発するんじゃないかと思うほどずきずきしてきた。頭のむきをかえて、だれがつかまっているのか確かめようとする。まだ、家族はひとりも見ていない。そのときはじめて、ティンは気づいた。家族がここにいないということは、逃げられたのかもしれないけれど、もしかしたら死んでいる可能性もある。ティンは足首をしばっているロープをつかもうとしたけれど、だれかに何かで背中をなぐられた。背中だけではなく、全身が痛い。

　ティンは逆さになったまま、兵士たちが長屋を片っぱしからあさるのをながめていた。エルーは、近くを兵士が通るたびに手のひらを合わせておじぎをしながら、何やらいっている。何をいっているかは、ききとれない。しばらくすると、ティンは血が逆流して目の玉が飛びだしそうな気がしてきた。兵士たちは、使えそうな品物を積《つ》みあげていく。ライター、銃、弾薬、水筒、米。

兵士たちは、入りきれなかった男たちをべつの長屋に移動させた。それから、またしても理由はわからないけれど、いきなりティンのロープを切った。ティンは頭から落ちて、地面に転がった。すると、かつぎあげられ、ちがう長屋の下に放り投げられた。「動くな」兵士がどなる。

ティンは、じっとしていた。顔が泥に埋まり、足はまだロープでしばられている。雨がはげしく降り、水たまりをつくる。ティンは、このままおぼれてしまうんじゃないかと思った。少しずつ水位があがり、ほんとうに息ができなくなってきた。ティンは、だれにも見られていないのをたしかめてから、寝返りを打ってあおむけになった。雨水が耳のあたりまできている。頭のなかが、自分はこのまま死ぬんだという考えでいっぱいになる。ティンはその考えを振り払おうとした。心が、邪悪《じゃあく》な気持ちでいっぱいになるのを感じる。まるで、実は生まれてからずっと、知らない人間が自分の心のなかに住んでいたみたいだ。その知らない人間は、人殺しだ。自由になって、兵士たちを殺してやりたい。

「出てこい」ふいに、兵士のどなり声がした。ティンは長屋の下からもぞもぞはいだしてきた。「なかに入れ。ロープをはずせ」ふるえる手で、ティンは足首からロープをほどいた。長屋のなかに入ると、男たちが集まっていた。あまりの静けさに、ティンはびっくりした。だれも動かないし、だれもしゃべらない。ティンは壁によりかかってすわった。自分はまだ生きている。

第六章

まじない師《し》が、ずっと同じ声でうなっている。「ううう……ううう……」何度もくりかえし。ティンはユエンを見つけて、近づいていった。そしてふたりで、家の奥にきた。

「逃げなくちゃ」ティンはいった。「大人の男をわけたのは、殺すために決まってるよ」

「再教育しようとしてるのかも」

「かもね」ティンは、あやふやにいった。

「エルーが敵にとりいろうとしてるの、見たか？　あいつは信用できない」

「そうだね」

そのとき、ユエンがかすかにうなずいて合図した。ティンがふりかえると、エルーがこちらに歩いてくる。そばにきて、ふたりにむかってうなずいた。「なんの話?」エルーが、ティンとユエンの肩になれなれしく手をまわしてきた。ティンは、エルーのことなどほとんど知らない。最後に話をしたのがいつかさえ、おぼえていない。

ユエンもティンも、返事をしなかった。とうとう、ティンはいった。「雨」

「雨?」エルーがくりかえす。

ティンは、自分に蹴《け》りを入れたくなった。ばかみたいな返事だ。雨だなんて。「うん、雨だよ。だんだん強くなってきたみたいだ」

「外はびしょびしょだな」ユエンもいった。

エルーはふたりの肩をぴしゃりとたたいてから、いった。「そっか。どんな状況か知りたくなったら、いつでもぼくんとこにこいよ」

こんなことになる前でも話したことがないのに、いまさら話をしようなんて思うわけがない。だけど、ティンはエルーの肩をたたきかえしていった。「ありがとう、エルー」

そのあとすぐ、エルーはほかの人のところにいって肩をたたいていた。スパイになったんだ。まちがいない。

その最初の夜、ティンはユエンやほかの少年たちと並んで床《ゆか》に横になった。冷えてきたけれど、毛布はぜんぶ兵士にとられた。風が家のなかに吹きこんでくるなか、ティンは眠ろうとした。

「ぼくたちのこと、どうするつもりだと思う?」ユエンがささやいた。

ティンは答えなかった。答えがわからなかったからだ。ユエンの問いが宙ぶらりんになる。そのとき、だれかが小声でいった。「殺すつもりだよ」

「だったら、どうしてさっさと殺さないんだ?」ほかの少年がいう。

寝場所が狭《せま》くて、ティンはいつものようにあおむけでからだをのばせなかった。部屋のなかは真っ暗だ。何人くらい、逃げられたんだろう。半分くらいの人がつかまっているようだ。あとの半分はぶじに逃げられたんだといいけれど。あのときジュジュビーのところにもどってなければ、ぼくもレディといっしょに逃げていたはずだ。ここにいる女の人たちの顔はよく見ていないけれど、たぶん、ジュジュビーはつかまっていない。だけど、柵《さく》のところにいるジュジュビーの姿が頭からはなれない。

ティンは、雨の音に耳をすました。ちょうど真上の天井から雨漏《あまも》りがしているけれど、となりとのすき間がほとんどないので動けない。ぽたっ、ぽたっ、ぽたっ。顔のすぐ横に雨が落ちる。とうとう、がまんできなくなった。「雨漏りがしてる」そう口に出していうと、手探りで廊下《ろうか》のほうに進んでいった。だれかのからだにつまずいて、壁《かべ》にぶちあたる。ドアがあると思うほうを手でさぐってみるけれど、壁しかない。そのまま、人の腕《うで》やら脚《あし》やらのあいだをぬって歩いた。

「何してるんだ？」いらついた声がした。

「部屋から出ようと思って」

「だれだ……ティンか？」

「うん……エルー？」

「うん、そうだ。みんなを踏《ふ》みまくってるぞ」

「ごめん」

ティンはやっと、ドアのところまでやってきた。そこも、人の手足だらけだ。

「だれだ？　さっさと寝ろ」

「そのつもりだよ」ティンは答えた。人のからだと壁とのあいだに場所を見つけて、横になる。ぜんぜん眠くならない。今までにないくらい、目がさえている。「理屈《りくつ》からいって、ぼくたちを殺しても得することなんかひとつもない」ティンは、目をさましている人がいるかと思って、だれにともなくいった。

しばらく沈黙《ちんもく》が流れる。やがて、声がした。「理屈で考えていたら戦争のことはわからん。だれだ？」

「ティン。だれ？」

「ジョゼフだ」ジョゼフというのは、まじない師の名前だ。「わたしの家族をだれか見なかったか？　おまえの家族が逃げるのは見たような気がする」

「えっ？　ほんとうに？」

「ああ、たぶん。あっという間だったがね」

「ジュジュビーは？　ジュジュビーを見ましたか？」

「いや。見たのはご両親だ」

ああ、ぼくもジョゼフの家族を見かけていたらよかったのに。だけど、あのときのことで思いだせるのは、鼻を蹴られたことだけだ。ティンはそっと鼻をさわってみた。まだ痛い。

頭のなかで、いろんな考えがかけめぐりはじめる。眠るのがこわい。眠っているあいだに殺されるかもしれない。理屈には合わないけれど、可能性はある。そうでなかったらどうして、一か所に集められたんだ？　ああ、またぼくは理屈で考えようとしている。そのとき、遠くから泣き声がきこえてきた。女の人だ。そして銃声《じゅうせい》がひびき、泣き声がやんだ。どうして兵士たちは、ここにぼくたちを集めたんだろう？　そんなの、理屈に合わない。だけど、頭から理屈を追いださなきゃだめだ。理屈で考えても、何もいいことがない。それに、兵士たちが感情的にふるまいだしたら、かえってまずいことになる。逃げなくちゃ。だけどいまは、口には出せない。となりの部屋にはエルーがいる。

「寝なさい、ティン」ジョセフがいった。

どうしてまじない師は、ぼくがまだ起きているのがわかったんだろう。きっと、なんでも知っているからまじない師なんだな。

逃げようという考えが頭に入ってくると、もう追いだせなくなった。逃げることを考えると、こわくてたまらない。どうやって逃げればいい？　ひとりで逃げるのか？　ユエンといっしょに？　だれもいっしょにきてくれなかったら、ひとりで逃げなくちゃいけない。

ティンは、ふるえながら横になって、雨の音に耳をすませていた。レディはどうしてるだろう。家族はぶじだろうか。いつになったら眠れるんだろう。

第七章

兵士たちはつぎの日も一日じゅう、男たちを外に出さなかった。与えられたのは水だけで、食べものはなかった。ティンは、あまり逃げることばかり考えないようにしていた。偉大《いだい》なる悪霊《あくりょう》ヤン・リーに仕える下っ端《したっぱ》の悪霊、タオやソクに気づかれて、兵士に告《つ》げ口《ぐち》されたらたいへんだ。がまんできなくなって、何度も出入口のところにいって外のようすをうかがった。兵士の数は増えたんだろうか。兵士はみんな、たいくつしているように見える。ラーデ族が生きるか死ぬかなんて、考えるだけでたいくつなんだろう。

二日目の夜、みんなはまじない師《し》のまわりに集まった。

「わたしが自分の能力に気づいたのは、まだ子どものころだ」まじない師はみんなに語った。「わたしも、ほかの男の子と同じように狩《か》りが好きだった。畑仕事は好きではなかったが、手つだってはいた。そのうち、わたしの友人はだれも病気にならないと、人からいわれはじめた。わたしは言葉をしゃべるようになって以来ずっと、健康と繁栄《はんえい》を守るためには何をいけにえにささげればいいのかを友人に伝えていたからだ。それから、年とったまじない師に杖《つえ》の使い方を教わるようになった。そのまじない師が杖を地面に投げると、だれも触《ふ》れていないのに揺《ゆ》れてはずむ。わたしはそれをこの目で見た」まじない師は目を閉じた。「そしていま、わたしたちの物語はおわる」

ティンは考えた。そうか、そういうことなんだ。北ベトナムは、ラーデ族の物語をおわらせようとしているんだ。そして、そのおわりに、たいくつしている。

三日目の朝、ティンは外で叫《さけ》び声をきいた。あれは、シウの声だ。どうしてシウが外にいるんだろう。尋問《じんもん》されているのか？　叫び声はうめき声にかわり、つづいて銃声《じゅうせい》がひびいた。そして、シウの声はきこえなくなった。うそだ……そんなこと、ありえない……シウが死ぬなんて。そうだ、やっぱりそんなはずはない。そんなこと、ぜったいにありえない。

ティンはおずおずと、入口のほうに歩いていった。すると、あの少年兵が顔をあげてこちらを見た。男の子が泥《どろ》のなかに転がっている。うしろ姿からして、シウみたいだ。シウにまちがいない。血がどくどくと流れている。少年兵が、ティンにむかって意地の悪い笑みを浮かべた。吐《は》き気《け》がこみあげてきて、ティンはなかにもどった。

入口近くのマットの上にすわっている男たちのほうをむき、ティンは目を閉じて壁《かべ》に背中をあずけてしゃがみこんだ。目をあけると、シウが男たちのなかに立っている。「シウ！」ティンは叫んだ。

「ぼくの象の世話をたのんだよ」シウは、静かな声でいった。

「えっ、だって……」ティンは口ごもった。シウのからだが、ゆらめいている。まるで風にふかれているみたいに。ティンは、一歩近づいた。

「ドクのめんどうをみてやって」シウはまたいった。そして、まるで雲が散るように、シウの姿はうすくなっていった。シウはいなくなった。

男たちはみんな、ふしぎそうにティンを見つめている。「いっちゃったよ」ティンはいったけど、だれも答えない。

ティンは思った。どうして象の世話をすることしか頭にない少年を殺さなきゃいけないんだ？　ぼくとトマスと、あとはドクしか友だちがいない少年を？

その夜、男たちはべつべつの部屋にマットをしいて寝ることもできるのにそうしないで、いちばん大きい部屋に入りきらなかった者も廊下《ろうか》で寝た。全員がなるべく近くで眠れるように。ティンは、ずっと眠れなかった。朝がきたとき、一睡もしていない気がした。

まだ外がうす暗いころ、ユエンがティンに近づいてきた。「きのうの夜、叫び声がしなかったか?」

ティンは首を横にふった。

「こわかったよ。動物みたいな女の人の悲鳴だった」

ティンはじっとうつむいていたけれど、やがて顔をあげて小声でいった。「見つかってない銃が、どこかにないかな。武器がまだ残ってるかもしれない」

「百丁くらいないと対抗《たいこう》できないよ」ユエンがいう。

たしかにそうだ。ティンはうなずいた。男の子の声がする。「ありもしない銃をさがしたってしょうがないよ。ちがう方法を考えなきゃ」

ティンはその子のことを知らなかったので、それ以上何もいわなかった。だれを信用していいか、わからない。

「だれかがここから逃げてジャングルにいけば、父さんたちが銃を埋《う》めた場所にいって、とってこられる」べつの男の子がいった。

ティンはエルーがこちらを見ているのに気づいて、それ以上はだまっていた。

それから数時間、兵士たちは捕虜《ほりょ》をまったくかまわなかった。ティンはだんだん大胆《だいたん》になり、たまに長屋の入口までいって、外のようすを確かめた。兵士たちはぶらぶらしたり、たばこを吸ったり、ガムをかんだり、たまにつばを吐いたりしているだけだ。昼ごろ、ひとりの兵士がやってきて、外に出て整列《せいれつ》しろとどなった。兵士たちはいつも、どなることしかできないようだ。アメリカの特殊部隊《とくしゅぶたい》とはえらいちがいだ。アメリカ人はいつも落ち着いた、ゆったりした口調でしゃべっていた。悪ふざけをしているときはのぞいて。ティンは、ほかの男たちといっしょにはしごをおりた。

「まっすぐ並べ！　まっすぐ一列だ！」少年兵が叫んだ。まっすぐかどうかなんて、どうでもいいことじゃないか。だけど男たちは、まっすぐ並んだ。だれも、目立ちたいなんて思わない。

白い雲がもくもくわいてきて、すばらしく美しい朝の空だ。カラスが一羽、飛んできて、ロン家の長屋のかたむいた屋根に止まった。毎日、同じカラスが飛んできて同じ屋根に止まる。なかには、ロンさんの亡くなった親戚《しんせき》がカラスになってもどってくるんだという人もいる。ティンは、そのカラスがうらやましかった。村のまわりで暮らしている鳥は、いつもと同じ生活をつづけているんだな。

年長の兵士が少年兵のところにいった。ふたりは小声で話していたが、年長のほうがこちらにむきなおった。

ティンはまたどなられると思ったけど、その兵士は耳をすまさないときとれないくらい静かな声で話した。その兵士はティンを見つめていった。「おまえの父親は、フルロ《FULRO》か？」フルロというのは、被抑圧民族解放統一戦線《ひよくあつみんぞくかいほうとういつせんせん》のことで、少数民族《しょうすうみんぞく》デガが政府《せいふ》から独立して高地に単独国家《たんどくこっか》を築《きず》くことを目標に活動している。たしかに父さんは、フルロの一員だ。

「いいえ」ティンはうそをついた。

「アメリカに協力していたんじゃないか？　特殊部隊の仕事をしていたか？」

「いいえ。父は農夫です」

どういうわけかその兵士は、ティンの村のむかいの村に住んでいるおとなしい男の子のほうをむき、その子のあばら骨に銃をつきつけた。「こい、墓地《ぼち》にいく。全員だ！」一瞬、だれも動かなかった。墓地なんかにいっていいことがあるはずがない。ティンにわかるのは、もうすぐ自分も墓地で永遠の眠りにつくかもしれないということだ。そして精霊《せいれい》たちがティンの運命をそう決めたのなら、ほんとうにそうなる。だけどもしチャンスがあるなら、逃げたい。米の酒かニワトリがあれば精霊にいけにえをささげるけど、いまもっているのは身に着けている腰巻《こしまき》だけだ。

墓地に着くと、ティンは死者を埋めて土が盛りあがっている場所を見つめた。寿命《じゅみょう》で亡くなった者は、墓が東のほうをむいている。精霊が好む方位だからだ。それ以外の死者の墓は、西むきだ。三、四十本のシャベルが重ねておいてある。「掘《ほ》れ」兵士がいった。「さっさと掘れ!」だれも動けずにいると、兵士がわめいた。シウの死体が、墓地のむこう側に横たわっている。ティンは、友だちのために深い穴を掘ってやりたいと思った。

ティンはシャベルを手にとって、地面につきさした。掘っていると、手のひらが真っ赤になって水ぶくれができた。ほかの少年たちとはちがって畑仕事をしたことがないから、土を掘るのに慣れていない。昼ごろには、穴は幅も深さもティンの身長の三倍くらいになった。この穴のつかい道は、ひとつしか考えられない。いったい何人が、ここに入るんだろう。計算しようとしたけれど、頭がはたらかない。

午後になると、お米のご飯《はん》を支給された。みんな、女の人のように手で食べた。食事が出たのはものすごくうれしくて、ティンはゆっくり味わいたかったけれど、あまりにお腹《なか》がすいていたので一気にがつがつ食べてしまった。

首から背骨まで、痛みが走る。「もうがまんできない」ブオムという男がふいに叫んだ。ブオムはもともともんくが多いので有名だ。それでもティンは、この状況でもんくがいえることにおどろいて、思わず息をのんだ。だけど、だれもブオムを殴《なぐ》ったり撃《う》ったりしない。ティンは、それがいいことなのか悪いことなのか、わからなかった。

ブオムが立ちあがって、兵士のひとりにまたいった。「もうがまんできない」ふたつの銃がほぼ同時に発射《はっしゃ》され、ブオムは地面に倒れた。がっちりした兵士がブオムを肩にかついで、墓地のむこう側に運んでいき、シウの死体の上に投げた。ティンは、お米の入ったおわんをじっと見つめ、手がふるえるのを必死でこらえていた。

年長の兵士のひとりが、静かにいった。「さあ、仕事にもどれ」ティンは背中も手のひらもずきずきしはじめて、掘る作業が拷問《ごうもん》のように感じられた。自分のなかにいる三つの精霊をからだからはなそうとする。そうすれば、痛みを感じないだろう。だけど、うまくいかない。手も背中も痛くてたまらないけれど、ティンはなんとか掘りつづけた。撃たれてシウの上に投げられたくはない。

穴はもう、一辺がティンの身長の四倍ほどになった。深さは三倍のままだ。兵士たちはまだ、作業をおわりにするようすがない。穴が大きくなればなるほど、たくさんの人間を殺そうとしているということだ。ティンは、自分はここに残った村人の墓を掘る手つだいをしているんだろうかと思った。ぼくが死んだら、トマスが約束を守ってレディの世話をしてくれるはずだ。

暗くなってきてやっと、兵士のひとりがいった。「これくらいでいい。長屋にもどれ」夕食にはもうお米は出なかった。でも、水だけでもありがたい。「おれは最初に殺されたい。最後にはなりたくない」ある男がいった。だれも答えない。ティンは、最初も最後もいやだった。ぼくは、ここから逃げたい。だけど、いまはもうくたくただ。

横になって眠ろうとしたとき、手のひらがかわいた血にまみれてがさがさなのに気づいた。ぼくの手は、役に立たないかぎ爪《づめ》みたいだ。そう思ったとたん、ティンは眠りに落ちた。目がさめて最初に感じたのは、恐怖《きょうふ》だった。兵士に揺りおこされたかと思った。つぎに殺されるのはぼくなんだ。暗くて、だれが自分を起こしたのか見えない。すると、ユエンのささやき声がした。「ティン。ティン、起きろ」

「どうした?」ティンもささやいて、からだを起こした。動くと背中が痛い。

「いま、ひとり死んだよ。シウのひいおじいちゃんだ」

ティンはユエンのあとをついて、遺体《いたい》のところにいった。まわりに集まっている人を、石油ランプが照らしている。横のドアをちらっと見ると、見張りがいない。正面のドアのほうにいってみると、ふたりの見張り兵が話をしていた。

ティンは、ユエンにいった。「横のドアの見張りがいない。正面のほうで話をしてる」

「えっ?」

「しーっ」

「逃げられると思う?」ユエンが小声でいった。

「うん」

「ここに残ってるほうが安全じゃないかな。全員を殺すつもりなら、穴を掘りおわったんだから、今日にでも殺してるはずだ」

ティンはいった。「まだ掘りおわってないんじゃないかな」ティンは、遺体のほうを見た。うす暗い部屋がふいに揺らめきだして、自分のからだをとりまくような気がした。落ち着けといいきかせても、こわくてたまらない。「ぼくはいく」ティンはささやいた。「いっしょにくるか、それとも残るか?」

「たぶんいく。いますぐ？」ユエンがたずねる。

「たぶんって、どういう意味だ？」

「いや、いくよ」

ふたりは、何か使えるものがないかと部屋のなかをさがした。でも、明かりがほとんどないので見えない。ふたりは長い廊下に出た。横のドアには、まだ見張りはいない。ティンはほかの人にも、ドアに見張りがいないことを教えてやりたかった。だけど、エルーに告げ口をされるのがこわい。ティンはドアから顔を出して、見まわした。だれもいない。はしごをおりるとき、ふいにめまいがしてきて目の前がぐるぐるまわった。最後の一段を踏《ふ》みはずして、ティンは腹ばいになったまましばらく動かずにいた。腕《うで》に水滴《すいてき》が当たる。一瞬、兵士にからかわれているのかと思った。ティンたちをいたぶるために、水をかけているのかもしれない。そのときまた水滴が当たり、見ると空が雲で灰色《はいいろ》になっていた。

ティンは地面をはって前に進み、ユエンもあとにつづいた。叫び声がしてぎくっとしたけれど、どうやらこちらには関係ないらしい。ティンたちが収容されていたのは、門からかなりはなれた長屋だった。このまま見つからずにはって進むのはむりだ。兵士たちの数が多すぎる。

そのまま進んでいく途中に、いくつか長屋があった。ティンはユエンのほうをむいて手で合図をして、そのうちひとつにむかった。はしごをのぼり、真っ暗な廊下にすわる。「やつらがいなくなるまで、ここに隠れていよう」ティンはささやいた。口がうまく動かない。言葉がまともにしゃべれない。両手もふるえている。

ふたりは家の中央にある寝室《しんしつ》にしのびこむと、だまったまま横になり、耳をすませていた。ティンはふいに泣きたくなったが、がまんした。音を立てるのがこわかったからだ。ちっとも眠くならない。エルーにいなくなったのを気づかれて告げ口されてないといいけど。ティンは、アイ・ダイとヤン・リーに、そしてシウにも祈った。どんな助けだって、もらえるものならもらいたい。ティンは眠れずに何時間も暗闇《くらやみ》を見つめていた。どんな音もききのがしたくない。見つかったら、すぐに動かなければ。なぜか、力がみなぎっている。村のむこう側でささやく声でもききのがさないような気がする。それくらい、耳をすましていた。

いつの間にか眠ったらしい。気づいたら、ユエンが壁に背中をあずけてすわっていた。まるで、壁しか自分を支えてくれるものがないみたいに。ユエンは近づいてきて、ささやいた。「病気なのかと思ったよ……もうずいぶんたつ。台所に、水が半分入ったおけがあったよ」

ティンはうなずいて、台所にいった。ありがたいことに、おけがある。ティンは、どうしても必要なぶんだけ飲んだ。くちびるがかわききっていて、舌がはりついていたけれど。

そのあと、ティンとユエンは部屋から部屋へと、兵士たちがとりそこなったものがないか、さがしてまわった。ライターが一個、弓が二張に矢が四本、アメリカ製の水筒《すいとう》が三つ、アメリカ製の軍用ポンチョひとつ、明るい色の布のバッグがふたつ。ティンは、自分のきれいなバッグのことを思いだした。最後にレディの背中にくくりつけたっけ。ああ、レディの背中の上で寝たい。前に病気になったとき、ティンはベッドを抜けだしてレディのところにいき、背中にのぼって横になったことがある。そのまま眠ってしまい、目がさめたときはもう夕方だったのに、レディはずっとじっとしていてくれた。ティンが眠っているのを知っていて、ふりおとさないように動かないでいてくれたみたいだった。

家のなかを調べおわると、ティンとユエンは壁によりかかってすわった。ふたりとも、何時間も口をきかない。からだのどこかが痛くなって体勢をかえる以外は、身動きもしない。そのとき、何かがはじけるような音がくりかえしきこえてきた。でも、こわくて外はのぞけない。ティンは木の床をじっと見つめて、低くうめいた。音がやむと、エルーのことを思いだして腹が立ってきた。村人を裏切ったかいがあって、殺されずにすむんだろうか。ぼくだったら、人を裏切ってまで生きのびたくなんかない。

ふたりは、その長屋に三日かくれていた。ティンは、恐怖と飢《う》えとで頭がだんだんぼんやりしてきた。たまに、急に動いて目の前がちかちかすることがあった。そのうち、たいくつになってきた。こんなときにたいくつなんて、ありえないと思ったけれど。でも、たしかにたいくつだ。三日も家のなかに閉じこもっているなんて、生まれて初めてだ。

三日目の夜、ティンは、ぱちぱちはじける音と煙《けむり》のにおいがした気がして目をさました。音は、まわりじゅうからきこえてくる。ぱっと目がさめる。家が燃えてるんだ！

「ユエン！　起きろ！」ユエンが目をあける。「家が燃えてる。逃げなくちゃ！」ティンは叫んだ。そして、父さんがいっていたことを思いだした。「いますぐだ。いますぐ出発だ」と。

ふたりはそれぞれバッグをつかんで、正面の入口から飛びおりた。兵士がひとり、村のいちばん東側に立っていたけど、それ以外はだれもいないようだ。「おい！」兵士がふたりを呼びとめた。「止まらないと撃つぞ！」

ティンとユエンは、村を一気にかけぬけた。うしろで銃声がきこえる。ふたりとも、スピードをゆるめなかった。兵士がもうひとり、門をぬけて走ってくる。ふたりは言葉も合図もなしに、南へとむきをかえた。家がせまい間隔《かんかく》で立っている。ふたりはある家に飛びこんで、そのままじっとしていた。

兵士たちは口々に叫んでいたけれど、何をいっているのかはききとれない。数軒むこうの家にいるみたいだ。ティンとユエンは顔を見合わせると、家の横の入口のほうに移動した。はしごをおりて、南にむかうと、燃えている柵《さく》のあいだにすき間を見つけた。

夜なのに、ものすごく明るい。不気味な赤い光のせいで、ぞっとするようなおそろしい明るさだ。ぱちぱちという音が、まわりじゅうからきこえる。あちこちで火事になっているようだ。半分が燃えてくずれてしまった家もあれば、まったく燃えていない家もある。炎が風にふかれる音がする。母さんが物干しにかけておいた毛布が風に揺れている音みたいだ。

ふたりは地面をはって進んだ。兵士がいるのを見逃していたらたいへんだ。柵のところまでの距離《きより》が、ものすごく長く感じられる。うしろのほうでは、兵士がまちがいなく自分たちをさがしている。やっとのことで柵までくると、ティンは心からほっとした。火がくすぶっていたけれど、ティンとユエンはすき間から外にはいだした。ティンはやけどしたけれど、ぐずぐずしている場合じゃない。

柵の外に出ると、炎の不気味な光に照らされて、野原がやけにがらんとして見えた。ティンは立ちあがり、できるだけ速く走った。振りかえらなくても、ユエンも走ってるのがわかる。ふたりは、まっすぐジャングルを目ざした。そして、木々のあいだに飛びこんだ。

真っ暗で何も見えない。ふたりは、ゆっくりと移動した。ポキンという音がして、歩くときに小枝を折ったのがわかった。ティンは一瞬、ぎくっとして立ちどまった。だけど、音をきかれそうな人は近くにいない。もし朝になって追いかけてこられたら、折れた枝だの足跡だのがいっぱいあって、すぐにあとをつけられてしまうだろう。だけど、追いかけてくる者がいるとは思えない。たかが少年ふたりなんて、この戦争ではなんの重みもない。でも今夜は……今夜は、何かがいつもとはちがう。兵士たちは今夜、少年ふたりを追いかけるくらいしか、やることがないはずだ。いま大切なのは、少しでも村からはなれることだ。

とはいえ、つぎの一歩を踏みだす前に、ティンは村のほうを振り返った。葉がおいしげっていて、何も見えない。それでも、ふいにわかった。つかまった人は全員、もう死んでいる。エルーも。あのおとなしい女の子さえも。

ティンはまた前をむいて、ユエンといっしょにできるだけ速く、できるだけ静かに移動した。それでも、追いかけようとする者がいたら、すぐに音をききつけられていたはずだ。ティンはいままで、何かからこんなに急いで逃げたことはなかった。今までは、何かにむかって走ってきた。村とか、象とか。なんだか、へんな気分だ。こんな緊急事態《きんきゅうじたい》に、考えごとをしながらジャングルをかけぬけ、自分の村からはなれていく。いや、もう「自分の」村とはいえないのかもしれない。もう村などないのだから。ぼくたちに残された場所は、ジャングルのなかだけだ。

ユエンがふいに立ちどまったので、ティンはぶつかって止まった。

「どうしたんだ?」ティンはたずねた。

「足跡《あしあと》を消したほうがいい。でないと、朝になったら見つかるよ。ぼくがやる」

「まだ真っ暗だから、自分の足跡も見えないよ!」ティンはいった。

ユエンはすぐには返事をしなかった。それから、むっとした声でいった。「いつからリーダーになったんだ?」ふたりでいるときはいつも、年上のユエンが主導権《しゅどうけん》をにぎっていた。だけどティンは父さんからよくいわれていた。状況がかわればリーダーもかわる、と。

「いまは少しでも村からはなれなきゃ」ティンは声を荒らげた。ユエンにむかってこんな言い方をするなんて、めずらしい。初めてかもしれない。

今度は、ユエンはまったく返事をしなかった。ふたりはだまったまま、ジャングルを進んでいった。やがて、ティンが口をひらいた。「どっちにむかってるか、わかる？」

「西？　北、かな？」ユエンがいう。

「ぐるぐるまわってるだけかもしれない！」

ふたりは、いったん止まって明るくなるまで休むことにした。米軍のポンチョの下で眠った。見まわせば、あらゆる場所にアメリカ人がいた跡が残っている。なんだかふしぎだ。アメリカはラーデ族を見捨てたのに、ティンもユエンも米軍のポンチョをかけて寝ている。ラーデ族はいったんアメリカ側について戦ってからは、アメリカと心がつながっていた。ラーデ族は、アメリカ人を信頼《しんらい》していた。そのせいで、いまはこんなことになっている。

朝がきて、ティンはまたユエンよりあとに目をさました。ユエンはココナツを食べていて、ティンにひと切れよこした。ティンは、がつがつ食べた。今まではそれほど好きじゃなかったけれど、チキンに負けずにおいしく感じる。「象の足跡を見つけた」ユエンがいう。「レディたちかもしれない」

「ほんと？　どこ？」

ユエンはココナツで口がいっぱいだったので、手でさし示した。ティンは立ちあがって、ユエンがさした方向にむかって歩きはじめた。たしかに、象の足跡が三組、はっきりとついている。人間の足跡も一組ある。ティンの胸ははずんだ。ほとんど真ん丸な足跡がある。ゲンだ。ゲンの足跡が真ん丸なのは、前から知っている。ぬかるんだ場所を通ったらしく、くっきりと足跡が残っている。地面のほとんどをおおっている草をよく見ると、折れたりつぶれたりしているのがわかった。

「そうだと思う？」ユエンが小声でたずねる。

「もちろん《アブソリュートリー》」ティンは、アメリカ人が好んで使っていた返事をした。それからまた、すぐにラーデ語にもどしていった。「象は、たくさん食べるから何度も止まるんだ。すぐに追いつけるかも」ティンは声を落とした。近くにだれかがいるとは思えないけれど、用心するにこしたことはない。ふたりとも、どうしても必要なとき以外はしゃべらないことに決めていた。

ふたりは、喉《のど》がかわいてがまんできなくなるまで歩いた。立ち止まり、竹の茎《くき》を切りひらいてなかに入っている水を飲む。甘いにおいがしてきて、たどっていくと熟《じゅく》しすぎたバナナがあった。ティンは飢え死にしそうだったので、ぐじゅぐじゅのバナナがごちそうに感じられた。

夕方になって足跡がどんどんくっきりしてくると、ティンは興奮《こうふん》して走りだした。もうかんたんにあとをつけられる。いちいち足跡を確かめずに、だいたいの方向にむかってまっすぐ走った。二十分くらいすると、象たちの姿が見えた。トマスといっしょにいて、えさを食べている。ティンは、レディめがけてかけていった。レディはティンに気づくと走ってきて鼻でティンをもちあげ、地面に投げ飛ばした。ティンは頭を打った。それからレディは鼻を前後に揺らした。うれしいときにいつもやるしぐさだ。ティンはまた投げ飛ばされないように、おとなしくしていた。じっと立っていると、レディは鼻でティンの顔をなでてくれた。

「ティン、無事だったんだな！」トマスが叫んだ。ティンをレディから引きはなして、両腕で抱きしめる。「無事でよかった！　ほかの人たちは？　みんな、逃げられたのか？」

話したいことはたくさんあるけれど、頭がはたらかない。「トマス……」

ティンがそれ以上いえずにいると、トマスはユエンのほうをむいて、肩をたたいた。

「会えてうれしいよ」そしてすぐにティンにむきなおって、またティンの肩をがしっとつかんだ。「シウは?」

一気に、ティンは気持ちが爆発した。「兵士に殺された。死体も見た」ティンは、こみあげてくる涙をこらえた。「シウの幽霊《ゆうれい》も見た」

トマスは、腕をがくっと落とした。「シウが? シウが? どうしてシウが殺されなきゃいけないんだ?」トマスは、その考え自体を振り払おうとしているみたいに、頭を振った。だけどしばらくすると、たずねた。「ちゃんと埋めてやれたのか?」

「共同墓所だ」ティンは、しゃくりあげそうなのをおさえた。

トマスはまた、何度も頭を左右に振った。ティンはめまいがしてきた。レディに「ムク」と合図して、背中に乗る。レディの上に横になっていると、エネルギーを補充《ほじゅう》してもらっているような気がした。

「共同墓所?」トマスがいう。「ほんとうか? 見たのか?」

「ぼくも穴を掘ったんだよ」

「まさか!」

「男は全員、掘った。墓地に連れていかれて、穴を掘らされた」

「全員、殺されたのか? 村じゅうが?」

「逃げた人もいる。たくさん。たぶん、半分くらい」ユエンが答えた。

「で……おれの家族は？　会わなかったか？」

「ひとりもいなかった」ティンは答えた。

トマスは少しずつ事態をのみこんでいるが、混乱していて、それがいい知らせなのか悪い知らせなのかわからないようだ。そのうち、トマスはいった。「それなら、よかった」

ティンは、しばらくレディの背中に横になっていた。トマスとユエンはあとの二頭を近くの川に連れていった。ティンは体力が回復してくると、レディからおりて「レディ、ナオ」といった。そして、トマスたちがいったほうにむかった。

ティンとレディが川に着くと、ユエンとトマスはむこうのほうで象たちが水を飲むのをながめていた。ティンはひとりでいたい気分だったので、近づいていかなかった。レディは鼻に水をたっぷりふくんでは、何度もくりかえし口のなかに吹きだしている。

「ティン！」トマスが叫ぶ。ティンは、手を振った。「キャンプにもどって、持ちものをもってきてくれ。急ぐんだぞ。そろそろ出発だ」

キャンプまではそう遠くないけれど、トマスの口調がティンの気にさわった。トマスは、ティンが象の訓練《くんれん》をしているときも、こんな命令口調で話したことはない。それに、なるべく音を立ててはいけないのに、あんなふうに叫ぶなんてありえない。トマスはきっと、どんなに状況がひどいかわかってない。象たちといっしょに、ずっと人と会わずにジャングルにいたからだ。ティンは気にしないことに決めて、キャンプにもどった。自分とユエンのもちものは、区別がつく。それ以外はぜんぶ、トマスのバッグに入れた。

もどってくると、トマスは自分のバッグを受けとって、これから西にむかうといった。

「兵士たちとなるべく距離をおいてから、どうするか決める。ティン、おれのバッグをもってくれ。考えに集中したいから」

バッグをもっていたって集中くらいできるんじゃないか？ だいたい、バッグくらいゲンの首にかければいいじゃないか。

象たちはジャングルをゆっくり歩いた。足に厚みがあるせいで、足音を消してくれている。鳥が、高い木のてっぺんで鳴いている。どこかから、サルの声がきこえる。ティンは明るい緑色のクサリ蛇《へび》を見つけて、どきどきした。軍曹《ぐんそう》がこの蛇のことを「ツーステッパー」と呼んでいたのを思いだしたからだ。かまれると、二歩《ツーステップ》で死んでしまう。ティンは、蛇からはなれた。

距離は思うようにかせげない。象が何度も止まってエサを食べるからだ。象たちは起きているほとんどの時間を、食べているか水を飲んでいるか、または食べたり飲んだりしたがっているみたいな気がする。

最初のうち、一行はだまったまま歩いた。ティンは、自分たちはこれからどこへいくのか、どこからきたのか、ずっと考えていた。家族もきっと、同じ理由で西にむかっただろう。ティンは、いずれはだれかが、村がどうなったかをきちんと確かめなきゃいけないとわかっていた。あと、逃げた村人たちがどこにいるのかも。だけどいまは、パニックのなかで行動しなきゃいけない。父さんがいってたことのなかに、パニックはうまく利用できる、というのがある。たとえば、パニックのときはどんなにお腹がすいていても感じない。ティンはいま、肉が食べたくてしかたないから、少し落ち着いてきた証拠《しょうこ》だろう。

また象の食事のために止まったとき、ティンたちは、象が食べられるものをさがすのをながめていた。鼻をあちこち動かして、何を食べようか考えている。レディは草をむしって山盛りにすると、今度は鼻でつついて散らかした。そのうち、草を鼻でつかんで口のなかにほうりこんだ。ティンはお腹がぺこぺこだった。ぼくも草を食べられたらいいのに。

「狩りをしないか？　お腹がすいたよ」ティンはいった。

「バナナを食えよ」トマスがいう。

わけもない怒《いか》りがこみあげてきた。ぼくは肉が食べたい。バナナなんか、もうたくさんだ。母さんが何日も肉料理をつくってくれないと、ティンはよく肉の夢を見た。もう、頭のなかが肉のことでいっぱいだ。

ユエンはドクのからだをたたきながら、ぶつぶつ話しかけている。ドクは二、三歩はなれて、立ちどまった。シウが恋しいんだな。だけどティンはもう、肉のことしか考えられなくなっていた。ユエンと村にいたとき、ニワトリをさがしておけばよかった。チキンのことを考えたら、口のなかがつばでいっぱいになった。ティンはバナナをバッグから出して、いやいや皮をむいた。

トマスがティンをにらむ。「飢え死にしないだけありがたいと思え。もんくをいうな」

「何もいってないよ」

「だけど、考えてるだろう」

「へえ、考えてもいけないんだ？」ティンはいいかえした。

トマスは目を閉じて、大きなため息をついた。それから、こんなやつにかまっているひまはないみたいに顔をそむけた。

象たちが食べおわると、三人がそれぞれ象の上に乗った。ジャングルは、どんどん暗くなってくる。ほとんど前が見えなくなったころ、トマスがいった。「今日はここまでにしよう」三人は、象からおりた。ティンはまだ、トマスが狩りにいこうとしないのが不満だった。こうなるともう、眠っても肉の夢しか見ないだろう。トマスがティンの肩に手をおく。あやまるつもりかと思ったら、トマスはいった。「考えたんだけど、おまえに明日、偵察《ていさつ》にいってほしいんだ。つかまった人たちがどうなったか、見てきてくれ」

「ぼくが？」

「おまえは、トラッキングがうまいから」トマスは、ティンの肩をたたいた。「おれたち、頼りにしてるんだ。トラッキングの技術にかけては、おまえがいちばんだ」

こうして、ティンが村にもどることになった。

三人は、ジャングルの地面に横になった。ティンはポンチョを自分とユエンの上にかけた。むきだしの背中に土が冷たい。もっと時間があれば、シャツをもってきたのに。父さんがバンメートで買ってきてくれたシャツだ。

「父さんが前に、ゲリラは一日の半分を戦いか移動に、残りの半分を食糧調達《しょくりょうちょうたつ》のための狩りに使うっていってた」ティンはいった。当然だけど、父さんがいったことだから、ほんとうだ。だけどティンは、それ以上はいわなかった。トマスが、求めてもいない提案《ていあん》をされたことで気を悪くしているのを感じたからだ。くたくたで、ここでまた言い争う気になれない。そういえば数年前、村の男の子たちがジャングルで迷子《まいご》になったことがあった。やっと帰ってきたとき、ずっと言い争いばかりしていたと全員がいっていた。そのとき父さんが、ティンにいった。「ジャングルは人をかえる」だけど、それがわかっていても怒りは静まらない。

遠くで銃声がした。何度もひびく。「戦いが起きてるんだ」トマスがいう。

ユエンがたずねる。「ぼくたちの村かな?」

トマスはしばらくだまってから、いった。「いや、ちがう方向からきこえる」

レディは、数メートル先で眠っている。一日じゅう、元気がなかった。お腹に赤ちゃんがいるせいで、つかれてるのかな。ぼんやりとした光のなかで、レディのお腹がふくらんでいるのが見える。いつ生まれてもおかしくないみたいだ。ティンは目を閉じたけど、ぜんぜん眠くない。眠っておかないと、これからのことに備える元気が出ないのに。父さんは今もどこかで戦ってるのかな。

母さんは村をはなれないといいはってたけど、最後の最後で考えなおしたんだろうか。あのとき柵の近くで見たのがほんとうにジュジュビーだったのかもわからない。伯母さんたち、伯父さんたちはどうしてるんだろう。胸の奥が痛い。ティンは目をあけた。みんながどうなったのか、どうしても知りたい。村にもどって偵察にいくのが自分でよかった。この目でちゃんと確かめたい。だけど、トマスとユエンがぼくに何もいわずに勝手に決めたのは頭にくる。そういえば、いつ決めたんだろう？　いつからあのふたりは、「おれたち」になったんだ？

第八章

A Million Shades of Gray

目をさましたとき、ティンの顔は露《つゆ》でじっとりしていた。ひじに何かが触《ふ》れている。見ると、前腕くらいの長さがあるムカデだ。「ああっ！」ティンは思わず飛びのいて、ムカデを振りはらった。ジュジュビーはムカデの毒にアレルギーがあって、前にかまれたときは一週間寝こんだ。ユエンが靴《くつ》をはいていたので、踏《ふ》みつけて殺してくれた。

「ありがとう」ティンはいった。

トマスもすでに起きていて、ゲンにブラシをかけていた。ゲンはブラシをかけてもらうのが大好きなので、トマスは一日に何度もかけてやっている。トマスはティンのほうを見ると、いった。「もう出発したほうがいい」

ティンはレディのからだにおでこを押しつけて、心のなかでいった。じゃあね、すぐにもどるよ。それからティンは、使命《しめい》をはたすために出発した。緊張《きんちょう》のあまり、耳鳴りがする。ほとんど何もきこえない。耳がじんじんするせいで、からだじゅうがふるえている気がする。ティンはしばらく立ち止まって耳鳴りを静めてから、また歩きだした。

必要以上にこわがらないようにして、ひたすら前に進んだ。川を泳いでわたり、木がうっそうとしげるなかをぬける。葉っぱが腕《うで》をかすめる。村までの距離《きょり》の半分まできたとき、なんとなく不吉な予感がした。ティンは立ちすくんで、耳をすませた。

そのとき、苔《こけ》のなかに人間の足跡《あしあと》を見つけた。まだあたらしくて、ティンがむかう方向と直角をなしている。虫が一匹、足跡の上でのたくっていた。つぶされたのにまだ死んでないということは、踏まれてから時間がたってないということだ。ティンは、落ち着けと自分にいいきかせた。人が通ったばかりとはいえ、ちがう方向にむかっている。そのとき、人の声がした。ティンは、凍《こお》りついた。耳鳴りがひどくなって、声がきこえなくなる。だけど、まだ人がしゃべっているのはわかる。あんまり耳がじんじんして、頭がおかしくなるんじゃないかと思った。ティンは、その場にうずくまりたい気持ちとたたかった。そして、できるだけじっとしていた。何度も、何度も考えた。ぼくは死なない。レディの世話をするのがぼくの運命だ。ぼくは死なない。レディの世話をするのがぼくの運命だ。精霊《せいれい》たちは、ティンに味方してくれなかった。ムカデがまた、ティンの足をはいあがってきたのだ。ティンは目を閉じて、じっとしていることに集中した。ムカデは足首のところで止まって、眠ってしまったみたいに動かない。三十分くらいして、ムカデはまた足をはいあがり始めた。ティンは思わず、払い落とした。

暗くなってきたころ、ティンは思い切って動いてみた。それまでは、何をきいたのかもきかなかったのかもよくわからなかったから、じっとしていた。だけどまた、出発することに決めた。

村に近づけば近づくほど、どこを歩いているのかはっきりしてきた。木々のようすでわかる。これまでたくさんの時間を、ジャングルのこのあたりで過ごしてきた。見えなくても、木がどんなふうかはわかっている。だけど、まるで知らない、初めてくる場所のようにも感じる。何か月もはなれていたような気がする。

門をぬけたとき、どこにも人がいないのを感じた。一瞬、ティンはおどろいて立ちつくした。ほとんどすべての家が、火事で焼けている。前にジャングルを歩いていて、爆弾《ばくだん》が落ちた場所を通ったことがある。二頭の象と一匹のサルの死体が、肉が引き裂《さ》かれた状態家が、死体のように見える。支柱《しちゅう》しか残っていない家もある。ほとんど無傷で残っている家もあった。屋根だけがなくなっている家もあれば、すっかり焼け落ちている家もある。兵士たちはたっぷり時間をかけて、すべての家に火をつけたらしい。どうしてそんなにきらわれなきゃいけないんだろう？　そのとき、ティン自身の心も憎《にく》しみでいっぱいになった。前から父さんの任務《にんむ》に興味《きょうみ》があったけど、それは冒険《ぼうけん》みたいでわくわくするからというだけだった。だけどいまは……父さんがアメリカ人といっしょに何と戦っていたのか、初めてちゃんと理解した気がする。

ティンは、暗がりのなかでかすかに光る、わずかに残った燃えさしを見つめた。生まれてはじめて、精霊が信じられなくなる。ここにある家を燃やしたのがどの精霊だろうと、それがなんだっていうんだ？　ヤン・リーか？　だからどうした？　ヤン・リーじゃなかったら、それがどうしたっていうんだ？　ティンは、自分の家があった場所にいってみた。ニワトリの死がいが、小屋のあった場所に転がっている。ニワトリたちも焼け死んでいる。空になった米の酒の大がめが、あたりに散らばっていた。村を焼くには、酔《よ》っぱらっているほうが都合よかったんだろう。もしかしたら、人を殺すのにもそのほうがいいのかもしれない。

ティンは、つぎにどこへいかなければいけないか、わかっていた。捕えられていた人たちは、墓地《ぼち》に埋められているだろう。しっかり確かめなきゃいけない。墓地なんか見たくもない。だけど、いかなくちゃいけない。ティンは門をぬけ、ジャングルのはしっこを通り、墓地までいった。あの大きな穴は、前に見たときよりさらに広がっていた。上にすっかり土がかぶせられている。どれくらいの深さがあるのかはもうわからない。ティンは一瞬、目を見はった。それから両手で土を掘《ほ》りはじめた。深く掘るまでもなかった。ほんの三十センチくらい掘ると、人間の皮膚《ひふ》に触れ、思わず叫《さけ》び声をあげて手を引きぬいた。だけど、何に触れたのか、見ずにはいられない。耳のようだ。ティンは急いで土をもとどおりにかぶせた。あんまりだ。理解できない。めまいがして、ティンは穴の上に倒れ、ひざを抱きかかえた。

前にジャングルで爆弾が落ちた場所を見たとき、ふしぎに思った。どうして爆弾なんか落とすんだ？　なんの意味があるんだろう？　いまティンは、村人の半分を殺した兵士たちに爆弾を落としてやりたいと思った。二百五十人を殺し、この村を焼きはらい、おそらくはほかの村も焼いただろう兵士たちの上に。そして、その兵士たちと話がしたかった。

たずねたかった。どんな気分だ？　村は破滅《はめつ》したよ。どんな気分がする？　二百五十人が、土のなかに埋まってるんだ。どんな気分？　そんな質問に対する答えをききたい。

ティンは、こんなにはげしい怒《いか》りを感じている自分がいやだった。前はきれいだった心が、いまでは憎しみで汚れてしまったような気がする。レディに会いたい。レディの背中に横になって、心を洗ってもらいたい。

雨がはげしく降ってきたけれど、ティンはまだ動かずに、頭上を見つめていた。どれくらいの時間がたっただろう。やがてティンは、立ちあがった。顔についた水をぬぐう。

だれかが、ティンを呼びとめた。「おい！　きみ！」ティンは心臓が止まりそうになって、ジャングルにむかって走った。また声がする。「おい！　ラーデ族か？」

ティンは、返事をすべきかどうか、すぐに決められなかった。その男のなまりは、ちゃんとしたラーデ族のものにきこえる。「ラーデ族です」ティンは大声で答えた。

「おれは、バンメートからきた」

その男は、柵《さく》の燃え残りの近くの暗がりに立っていた。すごく背が高くて、村のまじない師《し》より高いくらいだ。しかも、兵士のようなかっこうをしている。

「こっちに一歩出てきて」ティンはいった。

「そっちが先に出てこいよ。おまえ、まだ子どもだろう？」

「街の人なら、どうしてここにいるの？」

「街も焼かれた。戦争はもうすぐおわる」

信用できない。ティンは、ジャングルにむかってかけだした。

「待て！　どこへいく？　もどってこい！　おれはひとりだ！」

ティンのうしろで、木々がはげしく揺《ゆ》れる。ティンはさらにスピードをあげて走った。木の枝が顔をかすめる。もしかしたら追いかけてくるのは、人間じゃなくて精霊なのかもしれない。男はあきらめそうもない。でもティンは、すばしっこく移動した。あの男は、死者の魂《たましい》かもしれない。「あっ」枝が左目のなかに入って、ティンはうめいた。足がもつれて、目を閉じたまま転ぶ。きっと血が出ているだろうけど、いまはそれどころじゃない。ティンは、恐怖《きょうふ》を振りはらった。死んでしまうかもしれないという恐怖を……ここで、今夜。

「ああああっ」男のうめき声がした。どしんと転ぶ音がきこえた気がする。男も痛みに苦しんでいるとわかり、ティンは満足した。直感的《ちょっかんてき》に、その男がバンメートからきたんじゃないと感じた。軍曹《ぐんそう》も父さんも、戦争のときは直感を信じることがたいせつだといっていた。とにかく、やっぱり精霊じゃなくて人間だったんだ。精霊だったら、とっくにつかまっていたはずだから。少しすると、ティンのうしろで動きが止まり、また動きはじめたのがわかった。だけど今度は、ティンのほうにむかってくるのではなく、どんどんはなれていく。

ティンは、腰《こし》をかがめて進みはじめた。両手を使って、また枝が当たらないように目を守る。少しの音も立てないように集中する。葉っぱを踏む音さえきこえないくらいに足をそっと動かす。へんな角度で立っているココナツの木の前を通った。この木は知っている。こんな角度で立っているのは、前にレディがココナツをとろうとして引き倒しそうになったことがあるからだ。たまに、レディはティンがうまくよけられるかどうか見るためだけに木を引っぱっているんじゃないかという気がするときがある。

ティンは、あの男につけられていないかと耳をすました。でも、なんの音もしない。だれかが追いかけてきているとしたら、音を立てない天才だ。ティンは、低い姿勢《しせい》で進んだ。自分も音を立てない天才だと思いたい。

見覚えのないあたりに出て、どこにいるのかわからなくなった。たまに、月明かりが目の前でちらつくような気がする。だけど、その光はただの自分の想像かもしれないという気もする。あまり想像力が豊かなほうではないから、ほんとうに月が出ているんだろうけど。そのとき、うしろのほうで銃声《じゅうせい》がした。だれかが死んだのかな。

ティンは顔を両手でおおったまま、一歩一歩確かめるように地面を踏みしめた。つるが顔に当たって、思わず叫《さけ》び声をあげそうになる。一歩ずつ、ゆっくり、村からじりじりとはなれていく。途中で、あまりの緊張《きんちょう》にうちのめされて、しばらくすわりこんだ。どういうわけか、走ってきたみたいにふいに心臓がどきどきいいはじめる。ティンは、冷たくて真っ黒なジャングルの地面にすわりこんだ。方向感覚がなくなってきたので、先に進まないほうがいいのかもしれない。だけど、ここにいるのがいいとも思えない。そのときゆっくりと、少しだけ気分が回復してきた。よくなったわけではないけれど、前よりはましだ。ティンは立ちあがり、村から遠ざかっているはずだと思える方向にむかって歩きはじめた。

くたくただけど、立ちどまらずに進んだ。だけど、方向感覚がまったくなくなってきて、とうとうどっちへいったらいいかわからなくなり、ティンはすわりこんだ。足の裏が、木のようにかたいはずなのにやわらかく感じる。どうしてこんなことになったんだろう。どうしてぼくの部族がこんな目にあわなきゃいけないんだろう。ラーデ族が全員、精霊を怒らせたなんてことは、ありえない。きっとまじない師のいうとおり、たんにラーデ族の物語がおわるときがきたんだろう。

ティンは苔だらけの地面に横になった。ポンチョは動くと音がするので、もってこなかった。何もかけずに横になっていると、生まれてはじめて、完全にひとりぼっちになった気がする。村人の半分は死んだ。半分が、死んだんだ。ふるえが走る。寒いからというのもあるけど、こわいせいもある。いつになったら安心できるんだろう。いや、一生ほっとすることなんかないのかもしれない。

ティンは、背中に当たる小石を手で押しやった。でも、いくらどけてもその下にまだ小石がある。横むきになって、ひざを抱えた。そのほうがこわくないし、あったかい。からだをなるべく小さく丸めようとして、ティンはひざに顔を押しつけた。レディに会いたい。

枝が折れる音がして、ティンは息をのんだ。何かが葉っぱをゆらして、またはなれていく。ティンはほっと息をついた。生きたまま夜をこせるだろうか。

朝がきて、ティンは日の出前に起きた。ジャングルの上をおおっている緑色のかげが、にぶい光のなかで灰色《はいいろ》に見える。百万もの灰色のかげ。象の皮膚《ひふ》みたいだ。ティンは、朝まで生きのびたんだと思って、ほっとした。目を閉じて、アイ・ダイに感謝する。生かしてくれてありがとうございます。長生きして死ねますように。あと、レディも長生きして死ねますように。ふつうなら、象は最後の歯がすりへって、ものが食べられなくて飢《う》え死にすることが多い。ティンはレディに、歯がぜんぶ抜け落ちたら食べものをすりつぶして食べさせてやると約束していた。そこまで祈ってから思い直して、家族全員が長生きして死にますようにとつけくわえた。伯母《おば》さんや伯父《おじ》さんのことも祈りたかったけれど、あんまりたくさんたのみごとをしてアイ・ダイを困らせたくない。伯母さんと伯父さんのことは、また今度祈ろう。

日の出とともに方向感覚がもどってきて、ティンはまた歩きだした。トマスたちとわかれた場所に近づくと、胸がどきどきしてきた。だけどその場所までくると、キャンプはなくなっていた。ティンはパニックにおそわれて、しばらく落ち着くのを待った。何も考えられなくなり、やっと少しずつ頭がはっきりしてきた。可能性は、ふたつだけだ。正しい場所にきたか、まちがった場所にきたか。ティンは地面を調べて、足跡をさがした。ふたたびパニックにおそわれる。そのとき、象が草を踏みつぶした跡を見つけた。ティンはしゃがんでよく見た。足跡が消されている。トマスとユエンがいそいでごまかしたみたいに。だけど、あまりトラッキングがうまくない人はよけいなことをしてしまうので、かえってあとがつけやすくなる。ティンには、わかっていた。どう見ればいいかさえ、わかればいい。ティンはぱっと立ちあがり、トマスたちがむかった方角に早足で歩きだした。

わかってしまえば、あとをつけるのはかんたんだ。足跡は、数キロ先の川のところでおわっていた。ティンは川をわたった。途中で少し水を飲む。だけどむこう岸に着くと、足跡が見つからない。ああ、しくじった。川をわたったと思ったのはまちがいだったんだ。きっとただ、足跡を残さないように川のなかを歩いただけだ。ティンはまたもとの岸にもどって、足跡をさがした。何も見つからない。

またむこう岸にわたってみる。さっきよりもはげしいパニックにおそわれた。さっきさがしたところから少し先で、足跡をさがしてみる。何も見つからない。ティンは、落ち着けと自分にいいきかせた。

とうとう、ティンはまださがしていない場所があることに気づいた。川をわたった、さっきよりも北側だ。すると、足跡が見つかった。二時間くらい、むだにしてしまった。走りだすと、足跡がだんだんあたらしくなってきた。もう、あとをつけるのはかんたんだ。ユエンとトマスは、ジャングルの奥深くのあたらしい道に踏み入って、また川にもどってきていた。ティンは川岸を歩いた。父さんが知ったら誇《ほこ》りに思うだろうな。パニックをちやんと利用できた。そのとき、象の鳴き声がきこえて、ティンは音がするほうにかけていった。ところが、小さな空地に出たとき、ティンははっとして立ちどまった。いたのはレディとゲンとドクではなく、十二頭の象だった。雌《めす》が八頭に子象が四頭で、生まれたばかりの象も一頭いる。ぽっかり見える青い空の下で、草を食べていた。野生の象の群れを見るのは、これで三度目だ。前の二回は木にのぼってじっとながめながら、なんて美しい光景なんだろうと見とれていた。

十二頭の象は、ティンに気づいて食べるのをやめた。最初、象たちはただ見ているだけだったけれど、そのうち興奮《こうふん》してきて、足を踏みならして耳をぱたぱた動かしはじめた。そのとき、ドクがやってきた。ドクが近づいてくると、野生の象たちはさらに興奮してきた。いちばん大きい象がリーダーのようだ。ティンは叫んだ。「ドク！　もどってこい！」ドクはティンのほうを見たけれど、もどろうとはしない。シウのいうことならきくのに。ドクがシウに呼ばれて、こなかったことは一度もない。そのとき、空地のはしっこにレディを見つけた。レディは、野生の象たちに興味しんしんだ。ああ、フックをもってくればよかった。

いちばん大きい雌の象が、鼻をつきあげて鳴らした。「ドク！」ティンはまた叫んだ。

ドクはこちらを見て、ちょっとためらったけれど、また背中をむけてしまった。いちばん大きい象が、二、三歩ドクに近寄る。レディもまた、二、三歩前に出る。「レディ！」ティンは、きびしい声でいった。レディはティンのほうを見たけれど、ドクといっしょにまた、野生の象たちのほうをむいてしまった。ドクが耳を広げる。興奮しているときのしぐさだ。

そのとき、ユエンとトマスがやってきた。ユエンがドクをフックでつつく。「ドク！」ドクは、ゆっくりとユエンのほうをむいた。怒った顔をしているので、一瞬、ユエンを襲《おそ》うんじゃないかと思った。ドクは鼻を高くあげて、鳴いた。

「レディ！」ティンは叫んだ。「こい！　こっちにこい！」レディは足を踏みならしていたけれど、とうとう象の群れからはなれはじめた。ああ、よかった。ドクも、ティンとユエンのほうにくる。みんなでゆっくりとはなれていきながら、ティンは大きな雌の象のほうを振り向いてみた。まだ自分の群れにはもどっていなかったけれど、ほかの象たちはまた草を食べはじめていた。

野生の象が見えなくなると、レディはティンを鼻でつき倒した。ティンは笑って立ちあがった。自分の耳に自分の笑い声が、なんだかやけになっているようにひびく。笑いたくてたまらなかったみたいに。

「見つけるの、たいへんだったか？」トマスがたずねた。

「ほんの二、三分、よぶんにかかったよ」ティンはさらっとうそをついた。そして、トマスがなんというか待った。

「近くに人間のあたらしい足跡を見つけて、すぐに出発しなきゃってことになったんだ。で、村はどうだった？」

言葉が出てこない。見たものをどうやって説明すればいい？「墓地に穴があった。土がかぶさっていたよ。何人かはわからないけど……めちゃくちゃ大きい穴だった」殺された人のことを話すなんて、たえられない。穴の話しかできない。「穴は、ぼくが最後に見たときより大きくなってた。長屋も、焼け落ちてたよ。ほとんど全部。柵も焼けてた。うちもなくなってたよ」声がつまって、ティンは言葉を切った。「トマス、きみの家も半分なくなってた」ユエンの家は遠くのはしっこだから、見てこられなかった。「穴を見た」ティンは、またいった。「すごく大きかった……大きかったよ」トマスの喉《のど》が、ぐぐっと動く。何かをぐっとこらえているみたいに。

「捕虜《ほりよ》を連れていったかもしれない」ユエンが期待をこめていった。

「そうだといいけど」ティンはいった。それくらいしか期待できない。だけど、心のなかでは、北ベトナムは捕虜などとらなかったとわかっていた。悲しみに押しつぶされる。あまりの重さに立っていられないほどだ。ティンは、地面にうずくまった。

「何もはっきりしたことを調べてないじゃないか！」ユエンがいう。「それくらい、ぼくだってわかってるよ」

「おれたちが自分でいけばよかったな」トマスがいって、首を横にふった。

ティンだって、自分が見たことを信じたくなかった。トマスとユエンは、勝手に現実を否定していればいい。そんなことをしても、何も変わらない。「ぼくは穴に手をつっこんで、人の耳に触って、また土をかけた。アイ・ダイが、死者をそんなふうに掘りかえすのをよくは思わないだろうからね」ティンがじっとしていると、レディがきて鼻をひくつかせた。なでてもらいたいらしい。

ティンはレディにブラシをかけてやった。トマスとユエンが、焼き串《くし》の用意をする。カラスをつかまえたからだ。鳥をつかまえるのはむずかしいから、ついている。鳥は鳴き声がきこえても、木のあいだにかくれているから姿が見えない。トマスはかわいた草に火をつけて、枯《か》れ枝《えだ》を燃やした。それから竹の若葉を三十枚とって、円をつくった。ユエンの思いつきだ。
トマスが、歌をうたった。

ほとんど何も残っていない
精霊に願う
慈悲《じひ》を
狩《か》りの運を
精霊は力強く
われわれはか弱い
われわれは、ああ、われわれは肉を望む
狩りの運を望む
精霊は力強く
われわれはか弱いから

第九章

カラスの肉とバナナを食べおわると、ティンはいった。「象がけんかを始めるんじゃないかと心配したよ」

トマスが少し間をおいてから返事をする。「おれもだ。レディがほかの象に興味《きょうみ》をもつなんて、初めて見たから」

「ぼくも初めてだ」ティンもいった。レディはほかの象にはよそよそしいほうだ。ゲンとドクとだって、それほど仲良くしない。

「会った群れがひとつだけで助かったよ」トマスがいう。「このあたりに、ほかに群れがいないといいけどな。これ以上、心配ごとが増えたらたまらないし」トマスはユエンとちらっと顔を見合わせてからつづけた。「おれたち、ちょっと話してたんだ」ティンは、だまってその先を待った。トマスがまた、ユエンと目を合わせる。「ティン、おまえの態度《たいど》のことなんだけどな。おれたち、もっとうまくやっていく努力が必要だと思うんだ」

また、「おれたち」だ。ほんとうに、いやな感じだ。だけど、このふたりが「おれたち」になったからって、いまさらなんだっていうんだ。だいたい、いままでだってティンはいつも、ユエンが年上の男の子のあとばかり追いかけるのをゆるしてきた。ユエンが小心者なのは、本人の責任じゃない。心根《こころね》はいいやつだ。だけどお父さんがすごくきびしくするせいで、強くなるどころか弱くなってしまった。

ティンはまた、ジャングルで迷子《まいご》になった村の少年たちのことを思いだした。ずっと言い争っていたという話をきいて、父さんは、ジャングルが人間を変えるからだといっていた。いま、ユエンとトマスとうまくいかなくなったのもそのせいだ。だけど、どうしてふたりしてぼくにつっかかってくるのかはわからない。そのとき、ユエンがいった。「そうだよ、ティン、おまえがそういう態度をとってちゃ、ろくなことにならない」

ティンの怒りは、どんどん高まっていった。ぼくの態度は、どこも悪くない。うまくいかないのは、ユエンとトマスの責任じゃないか。やっぱりユエンは、そんなに心根もよくなんかない。

「おれたち、おまえが前とちがってきたように感じてるんだ」トマスがいう。「おれたち、協力し合わなきゃいけないんだぞ」そしてトマスは、とうとつにいった。「おれたちがこんな目にあってるのは、もとはといえば……」

「なんだよ？」

「おまえのせいだ」

「なんだって？　どういう意味だよ？」ティンは、思わず立ちあがった。

「おまえのお父さん、特殊部隊《とくしゅぶたい》の仕事をしてただろ。おまえだって一度、任務《にんむ》に同行したじゃないか」

「アメリカ人といっしょに仕事してた人なんて、たくさんいるじゃないか」ティンはいいかえした。こぶしをぎゅっと握《にぎ》りしめて、怒《いか》りをこらえる。

「その人たちのせいで、こんな危ない目にあってるんだ。村人の半分が死んだっていってたよな？　それがほんとうなら、だれの責任だ？」ユエンもそういって立ちあがる。

「ぼくたちにちゃんと接してくれていたのは、アメリカ人だけだ」ティンはいった。

「で、そのアメリカ人はいまどこにいる？」トマスがたずねる。

アメリカ人は、アメリカにいるに決まってる。当たり前じゃないか。なんでそんなことわかってるんだよ？　アメリカ人は、助けてくれるっていう約束《やくそく》をやぶった。そんなことわかってる。ずっと気づかなかったけど、いまはわかってる。トマスとユエンだって知ってることだ。村の全員が知ってる。なのにどうして、いまさらむしかえすんだ？

ティンは、これからは心のなかでトマスとユエンを〝おれたち〟と呼んでやることにした。ふたりしてぐるになって、「アメリカ人がどこにいるのかわからない」なんていいやがって。勝手に〝おれたち〟をやってればいい。ぼくには関係ないことだ。ぼくは、父さんが正しいことをしたとわかっている。父さんはさんざん悩《なや》んだ末に、アメリカ人に協力することを決めた。父さんはいつも、正しいこととまちがってることを見きわめるのにたっぷり時間をかける。父さんの善悪《ぜんあく》を見分ける力は、人並みはずれている。人生の半分くらい、そういうことを考えている。母さんがしょっちゅう精霊《せいれい》のことを考えているのと同じように。もし〝おれたち〟にそれがわからないなら、それはふたりの問題だ。〝おれたち〟の問題だ。

「はっきりさせとこうぜ。おまえの父さんみたいなやつらが、村に災《わざわ》いをもってきたんだ」ユエンがいった。「ぼくの父さんは、家族以外のためにはたらいたことはないから」

「ぼくの父さんは、人生の半分くらいの時間をかけて、正しいこととまちがってることを判断《はんだん》してる」ティンはむっとしていった。「父さんは、村に災いなんかもたらしてない」

「いや、おまえの父さんは、ぼくたちみんなに災いをもってきたんだ。おまえも含めてな。おまえの父さんのことなんか、ちっとも尊敬《そんけい》できない」

ティンはユエンの胸元につかみかかった。ふたりはそのままもつれて転がった。ユエンがおおいかぶさってきて、ティンは地面に押しつけられたけど、腕をなんとか自由にしてユエンになぐりかかった。ユエンがよけたので、ティンのこぶしは弧《こ》を描いて地面にぶちあたった。指に激痛《げきつう》が走る。ふたりはずいぶん長いこと、取っ組み合っていた。やがてティンが、ユエンの頭を腕で押さえこんだ。そのまま腕に力をこめる。ユエンの頭をぐいぐいしめつけてやりたい。そのとき、トマスがティンの腰布《こしぬの》のうしろをつかんで引きはなした。ティンはトマスに腕をとられ、ユエンはそのすきにティンのお腹《なか》に弱いパンチを食らわせた。

「おまえたちは、ひとりじゃ戦えない弱虫だ！」ティンはわめいた。「ふたりしてぐるにならないと、ぼくに勝てないんだ」

ユエンがかっとなって、ティンのお腹に二発目のパンチを食らわせた。ティンは、息がつまってあえいだ。

「もういいかげんにしろ」トマスがいった。ティンの腕をはなして、押しやる。「けんかはやめろ」ティンとユエンは一瞬、にらみ合った。ユエンが気持ちを落ち着かせるために、二、三歩後ずさる。ティンも冷静になろうと目を閉じた。いまは協力し合わなきゃ……ティンは自分にいいきかせた。いまは協力し合わなきゃいけない。トマスがティンの肩に手をおく。ティンは一瞬、身がまえた。「おいおい、友だちじゃないか。けんかしてる場合じゃない」

ティンはその夜、眠れなかった。ユエンのことを考えると顔がかっかしてくるから、〝親友〟のことは頭から押しやろうとした。ユエンのことは、いままでみたいに許せっこない。父さんを侮辱《ぶじょく》したからだ。それだけは、許せない。

いつもなら、象たちはティンとトマスとユエンを守るようにとりかこんでいる。まるで三人が子象みたいに。だけどその夜は、レディはティンが起きているのに気づいてぶらぶら近づいてくると、ティンのそばで眠った。ティンは、トマスとユエンも眠っているのがわかると、ものすごくほっとした。父さんのことなんか、いわないでくれればどんなによかったか。いまとなっては、友だちにはもどれない。とくにユエンとは。

こんなとき、父さんだったらどうするだろう。前に、父さんはジェイクという友だちに腹を立てたことがあったけど、だれにも理由をいおうとしなかった。しばらくするとジェイクに対する態度《たいど》はやわらいだけど、ティンには父さんが、まだ許していないのがわかった。許したようにふるまってたけど、じっさいはちがう。そしてまたべつのとき、父さんは、自分の妹でティンの叔母《おば》さんのことを友だちのビアさんが悪くいったことに怒った。ビアさんがあやまると、父さんは許《ゆる》した。だからぼくも、ユエンがあやまってきたら許せるだろう。いや、許すふりだけかもしれない。とにかく、決めるのはユエンの出方《でかた》を待ってからだ。ティンは、長いあいだそんなことを考えていた。父さんだったらするように、時間をかけてじっくり考えた。

レディがふいに、大きないびきをかいた。前は静かに眠っていたのに、お腹の赤ん坊が大きくなるにつれて、いびきをかくようになった。ジュジュビーも、いつもいびきをかく。ってことは、ぼくはどこにいても、いびきをきく運命ってことだ。ティンがそう思ってにっこりしたとき、レディがまた、大きないびきをかいた。ティンは笑いだした。はじめて小屋をつくったときのことを思いだす。小屋のなかにサトウキビを入れたまま学校にいったら、帰ってきたとき、小屋がこわされてサトウキビがなくなっていた。ほかの象たちは仕事に出ていたから、犯人はレディしかいない。ティンは、小屋をつくりなおさなきゃいけなかった。ティンは思いだして、頭がおかしくなったみたいにげらげら笑った。幸せだったときのことを考えると、心があったかくなる。レディのことを考えていれば、いつも幸せだ。レディに腹を立てたことは、一度もない。

それからティンは、母さんと父さんのことを考えた。ふたりとも、ほんとうにはたらき者だ。ぼくとジュジュビーとユエのことを、心から愛してくれている。父さんはもう、ジャングルでゲリラ戦をしているかな。そうだといいけど。父さんは前に、いっていた。信《しん》念《ねん》は心からきて、直感《ちょっかん》はお腹からきて、理性《りせい》は頭からくる、と。「信念」というのは、自分の心が正しいと思うことを意味する。たとえ根拠《こんきょ》がなくてもだ。ティンは心のなかで、母さんも姉も妹も生きていると、父さんは戦っていて願わくば勝利をおさめていると、信じていた。もし、ひとり当たり三人の敵を殺せば、デガ（山の人）は中央高地をとりもどせるはずだ。そんなにむりなことではない。

いつの間にか、眠たくてたまらなくなってきた。考えようとすればするほど、眠くなってくる。遠くで銃声《じゅうせい》がするけど、ほんのかすかにしかきこえない。そう思ったとたん、ティンは眠りに落ちた。

夢にジュジュビーが出てきた。ジャングルでひとり迷子になって、泣いている。そのとき、部屋が見えた。長屋のように天井がかたむいているけれど、長屋ではない。ティンはその部屋でひとり、銃弾《じゅうだん》を数えていた。そこでティンは目をあけた。夜が明けようとしている。

「寝言をいってたぞ。数をかぞえてた」トマスがいった。

「ジュジュビーが泣いてる夢を見た」

トマスは、おでこをごしごしこすった。「おれも、家族が心配だ。だけどいまは、自分たちと象たちの命を守ることが役目だ。おれには考えなきゃいけないことがたくさんあるから、命令に従《したが》って、ユエンとけんかなんかしないでくれ。おまえたち、友だちじゃなかったのか」

「友だちだ。友だちだった」

「とにかく、どっちにしても、ふたりとも命令に従ってくれ」

ティンはしばらくだまってから、しぶしぶいった。「わかったよ」これで、ユエンを許したふりをしなきゃいけなくなった。ほんとうにどうするかは、あとで決めよう。「考えてたんだ。ぼくたちひとり当たり三人の敵を殺して、ほかのデガもみんな三人の敵を殺せば、この戦いに勝てる」

「ティン、おれたちは三人殺せないよ。銃さえもってないんだから」

「ぼくは、弓矢が得意だ。五人殺せるかも。そうしたら、トマスとユエンはふたりずつでいい」

　前にも、人を殺すことを考えたことがある。軍曹《ぐんそう》といっしょに任務に出たときだって、もう少しで殺しそうになった。だれでも一度は、人を殺すことを考えたことがある。なんといっても、それが戦争なんだから。ティンは、人を殺すのを恐れてない。殺されるのはこわいけど、父さんから、戦争中に生きていたかったら人を殺すことをこわがってはいけないと教わった。相手が男だろうと、女だろうと、子どもだろうと。

　その日、三人は本格的に村の人たちをさがしはじめた。おうぎ形にトラッキングをしていたけれど、ティンは、本来なら円状にさがすべきだとわかっていた。トマスにいってみようかとも思うけれど、どうすればいいのかわからない。何度かいっしょに狩《か》りにいって、トマスにトラッキングの才能がないのはわかっている。前だったらどうでもいいことだけれど、いまはそうはいかない。とうとう、半日くらいして、ティンは提案した。「やっぱり、円状にさがしたほうがいいよ」

トマスはきこえなかったふりをしたけど、ティンのほうをまっすぐ見た。どう見てもむっとしている。ユエンがいった。「リーダーはおまえじゃない。トマスだ」

ぼくの知ってるかぎり、ふたりともトラッキングが下手くそじゃないか。ぼくがそう思ってることを知ったら、ふたりとも怒るだろうけど。いいたいことがいえないのは、ほんとうにいやだ。何をいうにも、いちいち考えてからでなきゃいけない。

人間の足跡《あしあと》はたくさん見つかったけれど、あたらしいのはひとつもない。足跡の輪郭《りんかく》がぼんやりしていて、はっきりわからない。しかも、どの通り道にも十か二十くらいしかないから、村の人たちを見つけたとはいえない。

三人は毎日、よりあたらしい足跡をさがした。そして毎日、失敗した。毎日ちがう足跡が見つかる。前にティンは、特殊部隊の隊員がチェスをしているのを見かけた。あのときは、ぜんぜん理解できなかった。同じ配置で同じ駒《こま》を使って同じ人がやっているのに、どのゲームもちがう。だけど、いまならわかる。ジャングルのなかで生き抜こうとしていると、毎日が同じなのに、毎日がまったくちがう。

やがてある日、一度にたくさんの足跡が見つかった。ひと目で、二百人か三百人の人が通ったのがわかる。ティンは、胸がどきどきしてきた。地面に手をついて、足跡を確認する。一週間以内についたものらしい。「一週間たってないよ！」ティンは叫んだ。

ユエンとトマスは、たがいの肩をたたきあった。「おまえのいうことなんか、きかなくてよかったよ！」トマスがティンにいった。「この跡をさがすのに、もっと時間がかかってるとこだった」

舞《ま》いあがっていた気持ちがしぼみかけたけれど、ティンはトマスのいうことを無視することにした。ほかの村人たちと合流したら、ユエンともトマスとも、その気になればずっと口をきかなくていい。ああ、待ちきれない。さがしはじめてから一週間以内に見つけたとはいえ、円状のトラッキングをしないで見つかったのはついていたとしかいいようがない。だけど、いまこのふたりにいってもしょうがない。ティンはまた、口をつぐんでいることにした。どうせまちがっていると思われるのに、ほんとうのことをいって何かいいことがあるんだろうか？　いつか、父さんにきいてみよう。

その夜、ティンはふいに真夜中に目をさました。心臓がどきどきしている。しばらく耳をすましていたけれど、何も心配するような音はしないので、ティンはまたうとうとし始めた。つぎに起きたのは、トマスに呼ばれたからだ。「ティン。ティン！　起きろ。レディがいない」

ティンは、ぼんやりと起きあがった。象が一頭、どうやったらいきなりいなくなる？

「ティン！」

頭がはっきりしてくると、明け方の光のなかで、ほんとうにレディがいないのがわかった。ティンはぱっと立ちあがり、まわりをきょろきょろ見まわした。「どこへいったんだ？」

「起きたらいなかったんだ」トマスがいう。

一瞬、ティンはどうしたらいいかわからなかった。象が一頭、いなくなるなんてことがあるのか？　だけどそのとき、レディの足跡がはっきり見えたので、ティンはたどってみた。足跡はジャングルの奥深くに進んでいる。レディに、いったい何が起きたんだ？

ティンはトマスたちにすぐにもどるといって、レディを追いかけて走った。足跡をたどるのはかんたんだ。一時間くらいして空地に出ると、レディがいた。前に見た野生の象の群れといっしょに、のんびり草を食べている。レディはティンに気づくと、かけよってきた。見つけてほっとしたのもつかの間、ティンの心にはげしいねたみが燃えあがった。自分の友だちも、自分の象も、ジャングルにきてから何もかもが変わってしまった。それでもティンは、レディが幸せならと思いなおし、草を食べさせておこうとした。だけどこうしてティンが近くにいると、レディはほかの象には興味を示さない。どうするかしばらく見守っていたけど、ずっとティンのそばをはなれない。

「レディ、ナオ」ティンはいった。レディはいつもどおり、おとなしくいうことをきいた。もどってから、三人は小川を見つけて象たちに水浴びをさせた。それからまた、トラッキングが始まった。三人とも、気持ちがはずんでいた。これがだれの足跡かわかるのは時間の問題だから。

ココナツと竹の子を焼いたもので夕食をとっているあいだ、ティンは、家族は今ごろ肉を食べているかなと想像した。ジュジュビーはぼくのことを思いだしてるかな。みんな、ぼくがいなくてさみしがってるだろうか。学校にいっているあいだ、レディに会えなくてさみしいのには慣れていた。だけど生まれて初めて、家族に会いたい。みんな、無事だと信じなきゃ。だけど、柵《さく》のところで泣いていた小さい女の子の姿が頭からはなれない。ジュジュビーじゃなかったとしても、その女の子は今ごろ、死んでいるかもしれない……いや、きっと死んでいる。

その夜、ティンがうとうとしているとき、トマスとユエンが低い声でしゃべっているのがきこえてきた。なんといっているかはわからない。ティンが目をあけると、シウが無表情で、地面から突きだしている大きな木の根っこにすわっていた。ティンは起きあがった。シウは、ドクを見つめている。シウは、ドクににっこりした。ほんとうにドクのことが大好きだ。シウへの愛しさが、ティンにこみあげてきた。シウは、若者というよりまだほんの子どもみたいだ。純粋で、素直だ。シウはそのあと、ドクに近づいていって、自分の頭をドクの鼻にもたせかけた。だけど、シウもドクも見えるはずのない真っ暗闇《まっくらやみ》なのだから、どれもほんとうに起きたことではないのだろう。ティンはまた横になって、目を閉じた。まだシウの姿が見える。やがてシウは消え、ティンは深い眠りについた。

第十章

朝になると、レディがまたいなくなっていた。ティンは地面に頭をがんがん打ちつけてくやしがった。まただ。信じられない。ティンはすぐにレディの足跡《あしあと》を追いはじめた。二時間くらいすると、象の鳴き声がきこえてきて、レディがいた。今度は小さい湖の近くだ。きのうと同じように、幸せそうに見える。ふつうなら、象は血のつながりのある雌《めす》だけで群れをつくる。だけどどういうわけか、この群れはレディを受けいれたらしい。

そしてやはりきのうと同じように、レディはティンを見つけるとかけよってきた。ティンは思わず、フックをもってくればよかったと思った。そうすれば、自分がどんなにいやな思いをしているか、レディに伝えられる。キャンプにもどるころには、何時間もむだにしてしまっているだろう。だけど、考えたら、たかが数時間くらいなんだっていうんだ？トマスとユエンがそんなに急いでいるなら、さっさといけばいい。ぼくのほうが、ふたりよりもトラッキングがうまい。ぼくがいなくてどうなるか、思い知ればいいんだ。いまたどっている足跡がちがう人たちのものだったら、ぼくなしでは正しい足跡を見つけられっこない。

ティンはレディの背中に乗った。キャンプにもどると、ユエンもトマスもティンと目を合わせようとしない。トマスはくちびるをぎゅっとすぼめてバッグのなかをさぐっているふりをしているし、ユエンは何度も地面に棒《ぼう》をつきたてている。ふたりが何もいわないことで、どんなに怒っているかが伝わってくる。

日が沈《しず》むまで半日しかないので、三人はトラッキングを再開した。トマスとユエンはまだ、ティンと口をきかない。ティンはレディといっしょにだまってふたりのあとをついていった。長い長い一日で、ティンはつかれきっていた。とはいえ、あの野生の群れとの距《きょ》離《り》が広がっていくのはいいことだ。同時に、足跡をつけた人たちとの距離はせばまっていく。あの野生の象たちとはなれられると思うと、ティンはほっとした。

落ち着かない夜が明けるころ、ティンはトマスの声に起こされた。「レディ！　レデイ！」

目をこらすと、レディが数メートル先に立って、明け方のぼんやりした光のなかでティンを見つめている。ジャングルは、いつもより活気づいていた。おそらく野生の豚らしき動物が、鳴き声がききとれるあたりにいる。ティンの視線の先で、ウサギが数匹はねている。野生のライチョウがクックッと鳴きながら歩いている。ダニが二匹、ティンの右腕《みぎうで》に食いこもうとしていた。ティンはダニをつまみあげ、指のあいだでつぶした。

ユエンとトマスは同時にぱっと立ちあがり、ライチョウに飛びかかった。ユエンがつかまえる。肉だ！　ティンの頭からは、足跡のことなんかさっぱり消え失せた。もう、肉のことしか考えられない。だけど、よく考えてみたら、ユエンはぼくに肉をわけてくれないかもしれない。こんなふうに被害妄想《ひがいもうそう》になるのも、ジャングルが人間を変えるうちなんだろうか。

レディがふらふら近寄ってきた。ティンはレディの背中に乗り、だまって横になっていた。訓練《くんれん》を始めたばかりのころ、ティンはよく、背中で横になりたくてレディにひざをつかせた。レディの背中に乗って、弓矢をもって狩《か》りにもいった。ここにいれば、いつも安心できる。虎を見かけたとしても、こわくなかっただろう。どんな動物の歯でも、このぶ厚い皮をつきとおすことはできない。象を殺して食べるのは、人間だけだ。

どうしてレディは、これほど野生の象に興味があるんだろう。お腹《なか》に赤ん坊がいることと関係があるのかもしれない。もしかしてレディは、村では象の赤ちゃんがちゃんと成長したことがないのを知っているのかな。自分の子どもにとっていちばんいいことをしようとしているだけなのかもしれない。ぜんぶ、ただの想像だけど。はっきりわかっているのは、自分がねたんでいるということだけだ。

逃げてくる前にユエンが見つけたライターで、トマスがたき火の火をつけた。ユエンは焼《や》き串《ぐし》をつくってライチョウを焼いた。おいしそうな肉のにおいがしてきて、ティンは口のなかがつばでいっぱいになった。ユエンとトマスが食べているあいだ、ティンは声をかけてもらえるのを待っていた。もう食べおわるころになって、トマスがいった。「ほら、ティン、おまえだって肉を食べなきゃ力がつかないだろう」ティンはレディの背中からおりて、トマスがくれた肉にかぶりついた。肉をぜんぶかじりとってから、骨にしゃぶりつく。一瞬、ティンは象が気の毒になった。肉を食べる楽しみを一生知らないなんて。

葉っぱがざわざわいうのにつづいて枝が割れる音がして、ティンはぱっとそちらをむいて立ちあがった。二頭の大きな象が、木のあいだに立っていた。レディが興味《きょうみ》しんしんだったあの群れにいた象なのは、すぐにわかる。一頭は右側だけにごく小さい牙《きば》があるし、もう一頭は牙がなくて、皮膚《ひふ》にかなり大きな日焼けした部分がある。レディが一本牙のほうに近づくのを見て、ティンは息をのんだ。二頭は鼻に触れあって、おたがいのにおいをかいだ。そのとき、野生の雌が竹の葉っぱを引きちぎって食べはじめた。レディが木ごと引っぱって倒す。ゲンとドクが興奮しだした。ドクは足を踏みならして左右にからだを揺らしている。ユエンとトマスは、なんとかドクをなだめようとした。

ティンは、象たちをじっと見つめていた。ぼくが呼べば、レディはこっちにくるだろう。だけど、すごく幸せそうに見える。

トマスは、ゲンとドクにかわりばんこに声をかけている。そのうちティンのほうをむいて、首を横に振りながらいった。「レディに勝手なことをさせるな」それからどなった。「呼びもどせよ。けんかにならないうちに、この二頭を追い払わなきゃいけないんだから」

「レディ！」ティンが声をかけると、レディはぶらぶらもどってきた。

あとで並んで歩いているとき、レディはうしろを振りかえらなかったけれど、ティンにはあの二頭が見えないだけで追いかけてきているのがわかっていた。

ティンは、だんだん暗い気持ちになってきた。そのせいで、胃が痛くなる。父さんの話だと、胃が痛いのは直感《ちょっかん》がはたらいている印だそうだ。だけど、直感が何を教えてくれているのかはわからない。二頭の象がレディを追いかけてきているのはわかる。だけど、どうやって追い払えばいいのかはわからない。しつこくて、うんざりする。小さな黄色い鳥が、木のあいだでさえずっている。のんきに鳴くその鳥を、ティンはとっさにつぶしてやりたくなった。

そのあとは、野生の象の姿を見ることも、声をきくこともなかった。数時間後には、あたらしい友だちはレディをあきらめたのかもしれないと思うようになった。だけど、象はかなりの長距離でも気持ちを伝えあえる。レディはきっと、まだあの群れと連絡しあっているんだろう。

早めにキャンプをはっていると、トマスがティンにいった。「おれたち、ちょっと狩りにいってこようと思うんだ。象たちを見ててくれ」

いつ、トマスとユエンは狩《か》りにいくことを決めたんだろう。なんだかふたりは、おたがいの考えていることを理解するコツでもつかんだみたいだ。村にいるときは、ふたりはほとんど相手のことを知らなかったのに。とにかく、ティンは自分がどう思われているかは気にしないことにした……ほんとうは気になっていたけれど。

ティンにとっては、これまでずっと友だちをつくるのはかんたんだった。一年前に、村の少年たちが組合をつくることを決めたことがあった。少年独立団といって、大人のフルロをお手本にしていた。団長を選ぶときになり、ティンは自分の票も含めて全員の票を獲《かく》得《とく》した。

トマスとユエンがいってしまうと、ティンはほっとした。ココナッツを見つけて、象たちにひとつずつ投げる。象はココナッツを蹴《け》りかえす。大好きな遊びのひとつだ。しばらくすると、ドクが蹴ったココナッツがティンにまっすぐ飛んできた。ティンはよけようとしたけれど、ココナッツはおでこに激突した。ティンは頭を抱えた。「ああ、ドク……ううう……」一瞬、頭の骨が割れたかと思った。レディがやってきて、ティンをじっくり見る。だまってはなれていったから、たぶんなんともないんだろう。前にティンが腕を折ったとき、レディはやさしく何度もティンの腕をつついた。また、木から落ちたときは無傷だったので、レディは気にもとめなかった。きっと、レディにはぼくが重症《じゅうしょう》かどうか、ちゃんとわかるんだろう。

トマスとユエンはもどってきたけど、手ぶらだった。

ティンは何もいわなかったのに、ユエンがぴしゃりといった。「おまえ、楽なほうをとったよな。象をみてただけなんだから」ティンはいいかえさなかったけれど、もちろん心のなかでは思っていた。ぼくに残れっていったのは、そっちじゃないか。

暗くなってきて、眠るために横になったとき、ティンは少しユエンが気の毒になってきた。もう友だちではないから、ポンチョをいっしょにかけることもなくなった。夜のあいだは寒いだろうな。あと二か月くらいで雨季になる。そうなったらぼくたちはどうなるんだろう。できれば、それまでには村の人たちと合流したい。

すると、トマスに話しかけられた。「おれたち、考えてたんだけど、もう少し急がなきゃいけない。自分の象に、勝手なことをさせるな。こんど長時間いなくなるようだったら、もう待たないからな」

もう、うんざりだ。いつになったらトマスとユエンは、ぼくに難くせつけるのをやめるんだ？「時間があったら、勝手なことなんかさせないよ」ティンは答えた。自分でも、何をばかなことをいってるんだろうと思った。

「時間があったら？何がそんなにいそがしいっていうんだ？」トマスがきく。

「時間があったら、だよ」ティンはいいはった。暗がりのなかでも、トマスとユエンがこっちをじろじろ見ているのがわかる。自分がばかみたいに感じるけど、どうしろっていうんだ？〝おれたち〟が、ぼくに腹を立ててる。何も悪いことなんかしてないのに。

レディはいつものように、立ったまま眠っている。ティンが眠れずにいると、二時間くらいしてレディが動く音がきこえてきた。また、友だちに会いにいこうとしてるんだ。「レディ」ティンが声をかけると、動きが止まった。だけど、どうせぼくが眠ったらすぐにレディはいなくなるだろう。心に痛みを感じる。その痛みがからだじゅうを襲《おそ》う。たまに感じる胃の痛みとはちがう。ふしぎだ。空中に浮いているような気がする。まるで、痛みがからだをとりまいて、宙に押しあげているみたいだ。心臓も、胃も、頭も痛い。信念《しんねん》と直感と理性《りせい》をたいせつに。だけど、こんなにあらゆるところから痛みに攻撃されていたら、そういうものになんの意味がある？

ティンの心は憎《にく》しみでいっぱいになった。北ベトナム人が憎い。南ベトナム人も、フランス人も、アメリカ人も憎い。どうして戦いにぼくを巻きこむんだ？　いまは、だれもかれもが憎い。父さんがいっしょにはたらいて信頼《しんらい》を寄せていたアメリカ人も。会ったこともないけれど、ティンが生まれる前にレディの名前をつけてくれたというアメリカ人の看《かん》護師《ごし》さんさえも。アメリカ人は、約束したのに助けてくれなかった。そのうちティンは、自分に心を与えることで災《わざわ》いをもたらしたヤン・リーやアイ・ダイまで憎くなった。

目がさめると、ユエンとトマスがそばにしゃがんでこちらをのぞきこんでいた。「寝言でわめいてたよ」トマスがいった。「レディがまたいなくなった。あたらしい友だちのところにいったんだろ」

「レディを残していくことにする」ティンはいった。そして、自分で自分の言葉におどろいた。口に出す瞬間《しゅんかん》まで、考えてもいなかった。

「えっ？」トマスが声をあげた。

これまで思ってすらみなかったことだけど、ティンには自分の判断《はんだん》が正しいとわかっていた。とはいえ、いきなり決めてしまったのは心配だ。父さんみたいに、じっくり考えていない。「レディが子どもを守るには、それがいちばんいいんだ」ティンはトマスにいった。「ぼくは、一週間だけレディの近くに残る。レディが群れに慣《な》れるまでのあいだ。そうすれば、レディはぼくのことを忘れられる」

「象は、なんでもおぼえてるんだよ！」ユエンが叫んだ。「おまえがいってたんじゃないか」

「本気なのか？」トマスもきいた。「おれたちは待ってられないぞ。一週間もここにはいられない」

「わかってる」ティンは答えた。トマスと目が合う。「いってくれ。これがぼくの運命だから」

トマスとユエンは、荷物《にもつ》をまとめた。ティンはドクのからだをやさしくたたいた。「ココナツで殺されそうになったときのことは、うらんでないよ」ティンはドクにいった。ドクがティンを見つめる。笑ってるんだろう。「ドク、いい子にしてろよ」。ティンとトマスは、わかれの合図にうなずきあった。ユエンはどうすればいいかわからないようだけど、心配そうな目を見ていたら、村で仲良くしていたころのことを思いだした。やがてユエンはまた冷たい目になり、わかれぎわにティンにうなずいた。

ティンは、ふたりが木々のあいだに消えていくまで見つめていた。呼びもどしたい気持ちを必死におさえる。ジャングルでひとりきりになんか、なりたくない。だけどこれが運命なら、受け入れるしかない。ひとりになって少しこわかったけれど、ほっとする気持ちもあった。

そのあと、ティンは小さい獲物用《えものよう》にわなをしかけ、大きい獲物をつかまえるために弓矢を使った。というより、使うつもりだった。じっさいは、弓矢を使うような獲物はあらわれなかった。二日目、ウサギをつかまえた。だけど、ライターをもってない。前にも何度か、こすって火を起こそうとしたことがあるけど、一度しか成功してない。ティンは午後じゅう使って、道具を準備《じゅんび》した。火をつけるかわいたものをさがすだけで、ひと苦労だ。板に何時間もドリルをまわしつづけたあげく、ウサギって生で食べられるかなと思った。ちょっと心が動いたけれど、ティンは、おしだまってココナツを食べた。

三日が過ぎ、レディはもどってこなかった。そろそろ出発していいころだ。だけど、どうしてもここを去る気になれない。

ティンは、もうひと晩残った。ポンチョをかけて横になる。レディと過ごした日々のことを、ひとつひとつ思いだす。レディをはじめてなでたとき、象使いになりたいと母さんと父さんにたのみこんだっけ。父さんがうんといってくれるまで、二年もかかった。レディはあのころよく、ぼくの顔を見ると鼻で地面に押し倒した。そのあと、マウンテンが生まれた。レディはまだぼくを押し倒してたし、まだいうことをきかなかったし、ブラシもかけさせてくれなかったけど、ぼく以外の人をマウンテンに近づけようとはしなかった。レディが赤ん坊のことでいらだっていたから、トマスがほかの象をべつの場所につないでおかなきゃいけなかった。マウンテンは西瓜《すいか》が好きだったから、ティンは毎日、シウの両親の畑から西瓜をひとつもらってきて食べさせてやった。マウンテンが死んだとき、レディは何日も横になったまま、何も食べようとはしなかった。あばら骨がつきだしてきて、ティンはレディが飢《う》え死にすると思った。

それから、ティンの心は現在にもどってきた。シウの両親は、シウが死んだことに気づいてるんだろうか。報告をする役目はしたくない。シウは末っ子で、すごくかわいがられていた。たとえばシウが象使いになりたいといったとき、両親はその場でいいといってくれたそうだ。考えることすらしないで。

たった二週間でこんなにも何もかも変わっちゃうなんて、信じられない。以前の生活が恋しい。時間の流れって、どういうものなんだろう？　たとえば、過去はたいせつなんだろうか？　未来はまちがいなくたいせつだ。それにもちろん、現在も。だけど、過去はもう過ぎてしまって、二度ともどってこない。だから、どうでもいいんじゃないか？　ティンは考えに考えたけど、わからなかった。

ティンはとうとう出発した。荷物をまとめて、北西を目指す。ユエンとトマスが向かった方角だ。レディはきっと、ぼくがいなくてさみしがるだろう。レディはぼくが大好きだ。何年もはなれていた後に象と再会した人の話をきいたことがある。ぼくもいつか、レディに会えるかもしれない。ひょっとしたら、レディのほうがぼくを見つけるかもしれないな。

まちがいなく最悪の気分だ。それだけはいえる。家族もいなければ、友だちもいない。象までいなくなった。追い打ちをかけるように、雨まで降りだした。

その夜、ティンはポンチョに当たる雨音をききながら寝た。つぎの朝、目をさましたとき、脚《あし》の上からポンチョがずり落ちて、むこうずねが燃えてるんじゃないかと思うほどむずむずしていた。からだを起こして見てみると、びっしり蚊《か》に刺されていた。何かの病気かと思うくらいで、こんなひどいのを見るのは初めてだ。かゆくて頭がおかしくなりそうだ。またひとつ、みじめになる原因が増えた。そういえば、軍曹《ぐんそう》がよくいっていたことわざがあった。降ればかならずどしゃ降り。悪いことはつづけて起きるという意味だ。細かい塩粒《しおつぶ》を容器に入れてさかさまにすると一気にざーっとこぼれ出てくるみたいに。塩の粒は、人生のいろんな経験《けいけん》を意味している。そんなに一気にこぼれるほど人生には経験しなきゃいけないことがたくさんある、たしかそんな意味だったと思う。もう、意味なんかどうでもいい。軍曹は約束したけど、アメリカ人は助けにもどってきてはくれなかった。

朝になってよかったことがひとつだけある。きのうよりも気分が悪くはなってない、ということだ。たしかによくはなってない。それでもティンは進みつづけた。

頭上に枝がおいしげっているから、日の光が届かなくて方角がわかりにくい。アメリカ特殊部隊《とくしゅぶたい》が、村に磁石《じしゃく》をもってきたことがあった。いつでも方角がわかるなんて、魔法みたいだ。アメリカ人は、見えないものを測れる。それに、すべての事実を知るのが好きだ。正確な時間とか。正確な気温とか。正確な方向とか。

足跡が、ものすごく増えてきた。五百か、六百くらいあって、むずかしいパズルみたいに重なっている。数えるには、時間がかかりすぎる。もしかしたら、ちがう村の人たちのものかもしれない。だけど直感が、仲間のものだといっている。

ティンは、毎日足跡をたどった。目を閉じると、足跡が浮かんでくる。七日目、道がだんだんせまく、たくさんになってきた。いったりきたりしている足跡がある。きっと、キャンプが近いんだ。足跡があたらしいし、輪郭《りんかく》がくっきりしている。

第十一章

そして、いきなり到着した。ティンは興奮《こうふん》して、父さんの姿が見えたわけでもないのに全速力でかけながら叫《さけ》んだ。「アマ！　アマ！」そして、ふいに立ちどまった。すごくたくさんの人がいる。ぼくの村の人たちにしては多すぎる。だけど、たしかにブオナ家の人が何人かいる。

「ティン！　ティン！」父さんがこちらにかけてくるのが見えて、ティンもまた走りだした。ふたりともすごい勢いだったから、衝突《しょうとつ》するようにして抱きあった。父さんがティンをぎゅっと抱きしめる。ティンはうれしくて、気が遠くなりそうだった。力いっぱい、父さんにしがみついた。それから父さんはティンを肩の上にかつぎあげて、ぐるぐるまわした。やっとおろしてもらえたとき、ティンは目がまわって立っていられなかった。だけど、うれしいめまいだ。うれしすぎて、どうにかなりそうだ。

「ティン！　ああ、よく追いついたな！　トマスとユエンから、おまえは無事だときいていた。さがしにいったんだが、見つけられなかったんだ」父さんは、声をひそめた。「行方不明になった親族をさがすことは、禁じられている。指揮官《しきかん》にどなられたよ。全員がさがしにいったら、戦う者がいなくなってしまうとね」

「歩いて一週間かかるところにいたから」

「そうか、どうりでな。二、三日しかさがせなかったから。もどるようにと指揮官が人をよこしたんだ。足跡《あしあと》もたくさんあったしな。ジャングルは逃亡者だらけだ」

ティンは、あたりを見まわした。「ジュジュビーは？　アミと、ユエは？」

「もうひとつのキャンプにいる。子どもがいる女たちはみんな、そっちだ。子どもがいない女は、男といっしょにここで戦っている」

「だけど、アマ、北ベトナム軍がきたとき、ジュジュビーがひとりで柵《さく》のところにいるのを見た気がしたんだ」

「ジュジュビーはずっと、わたしといっしょにいた」

「ほんと？　最近、会った？」

「もちろんさ。母さんといっしょに、無事でいる」

ティンは、しばらく頭を整理した。つまりぼくは、ちがう女の子を見かけて、ずっとそのことを考えていたというわけだ。ほかのだれかの妹、ほかのだれかの娘が死んだということになる。だれだろうと考えていたら、父さんがまた話しはじめた。

「さあ、これからもうひとつのキャンプにいこう。一分でも遅れたら、母さんは許《ゆる》してくれないだろう」

だけどティンは、まだここをはなれる気になれなかった。先に知りたいことがたくさんある。ティンは、あたりを見まわした。知らない人がたくさんいる。おいしいメロンをつくるホン家の人たちや、象を食べるニエ家の人たちがいるのはわかった。キャンプは、ごった返していた。バッグ、武器、毛布、かご、そんなものがぜんぶ、高い木々の下に散らばっている。キャンプは台地にあって、うっそうとしげるやぶにかくれていた。まるで、ジャングルの真ん中にある大きな部屋で生活しているみたいだ。やぶれた古いテントが五つほど立っていて、中のひとつに、ぼろぼろになった一枚の旗《はた》がたれている。旗は、小さく切った毛布みたいに見えた。

「だけど、アマ……アマ……」ティンは、自分が何がいいたいのかわからなくなった。村の人たちさえ見つければ、何もかも問題がなくなるとばかり思っていた。だけどこうして、乱雑《らんざつ》につくったキャンプを見まわしてみると、問題だらけのような気がする。「アマ、何が起きてるの？　いけにえはささげた？　精霊《せいれい》はよろこんでくれてないの？　ぼくたちに罰《ばつ》を与えてるの？」

「いつか、わたしにもすべてわかるときがくる」アマはきっぱりいった。「だがいまは……わからない」

「アマ？」

「歩きながら話そう」

ティンはうなずいた。ほんとうは、ききたいことが山ほどあったけれど。低木を押し分けて顔に当たらないようにしながら、父さんのうしろを歩く。並んで歩くには、葉っぱの量が多すぎる。

何分か歩いて、父さんは立ちどまって振りむくと、低い声でいった。「指揮官に気づかれる前にキャンプを出たかったんだ。今夜、作戦に参加することになっていて、指揮官が訓練《くんれん》をさせたがっている。特殊部隊《とくしゅぶたい》がしていたようにね。まずは訓練、そのあとに任務《にんむ》だ。

だが、どうしてもお母さんに会いにいかねばならない。おまえがいなくなったことで、ずっと取り乱していたからな。ユエンのお母さんも、おまえのことを心配していた。おまえにとって、ユエンは兄弟みたいなものだと知っているから」父さんはティンの肩に手をおいて、やさしく、だけどしっかりと引き寄せた。「そうだ、こうしている場合じゃない。急ごう」

「アマ、待って！」父さんは立ちどまった。顔のしわが、前よりも深くなったように見える。光のかげんのせいか、それとも急にふけたんだろうか。「ユエンとぼく、もう友だちじゃないんだ。けんかしたんだよ」

「理由は？」

「いろんなこと」

父さんは、わかったというようにうなずいた。「ジャングルは人を変える」

「うん。アマがいってたの、おぼえてるよ」父さんは何ごとも、じっくり考える。そしていったんあることを真実だと判断《はんだん》すると、それを確信《かくしん》をもって受け入れる。ジャングルは人を変える。「アマ？　ぼくたち、どうすればいいの？　みんな、これからどうなるの？」

「北ベトナムとベトコンと戦う。もう戦えなくなるまでずっと。銃《じゅう》をもって、ほとんど毎晩、任務に出かけている。ここにも優秀《ゆうしゅう》な兵士がいるからな」

「だけど、どうしたら勝てるの？」

「勝てない。勝てっこない」

長い沈黙《ちんもく》が流れる。ティンは、父さんはつぎに口をひらくとき、話題を変えるだろうと思った。よくあることだ。父さんはいつも、水のなかにもぐったみたいにだまりこくって、ちがう場所に浮かんでくる。

とうとう、父さんがいった。「母さんのところにいかなきゃな。歩きながらでも話せる」

ティンはためらった。考えすぎて頭がパンクしそうだ。前から父さんみたいになりたいと思っていた。だけどふいに、じっくり考えるのがいやになった。正しいこととまちがっていることを区別したり、これからどうなるのか、またはどうならないのかを考えたり。そんなことは、ほかの人がすればいい。ぼくは、象使いなんだから。

やぶをよけているうちに、切り傷やすり傷ができて血が出ていた。ティンは、顔についた血をぬぐった。「だけど、アミはどうなるの？　ユエとジュジュビーは？　もし戦争に負けたら、どうなっちゃうの？」

「わたしには未来は見えない。ティン、残念だがね」

「アマ、でもアマはぼくたちがどうなると思う\の？」

「おそらく、そのうちアメリカ人が助けにきてくれるだろう」

「ほんとうにそう思う？」

「いや。いや、思わない。だが、希望は捨てたくない」

兵士たちのキャンプのほうから、ディンナムの音がきこえてきた。この楽器を軍曹《ぐんそう》は、フルートと呼んでいた。アメリカ人は、ものに自分たち流の名前をつけるのが好きだ。ティンは、だれが吹いているのかと思って振り返った。だけど、木がおいしげっているので見えない。何度もきいたことがあるメロディだ。幸せな歌だと思っていたけれど、ジャングルのなかできくと、悲しくきこえる。

「ティン、急げ。わたしは今夜の任務のためにもどらなければいけない。おまえは、お母さんたちとひと晩だけ過ごしなさい。そのあとはおまえも、兵士用のキャンプにもどらなければならん。指揮官が役目を決めるだろう」

ティンは、その指揮官に対する怒《いか》りがこみあげてきた。さんざん苦労してたどりついたのに、たったひと晩しか、アミとユエとジュジュビーといっしょに過ごせないなんて。

「指揮官って、だれ？　ぼくの役目って？」

「バンメートからきたんだ。長年、特殊部隊の仕事をしてきた。いい人だよ。軍曹にも会ったことがあるそうだ」アマはいった。まるで軍曹に会ったことがあればいい人ってことになるみたいに。「ユエンと同じように伝令《でんれい》を任されるかもしれない。あるいは、狩猟《しゅりょう》か、料理だな」

「トマスとユエンはどこにいるの？」

「トマスは、母親といっしょにもうひとつのキャンプにいる。母親がマラリアで、死期が近い。ユエンは、任務に出ている。さあ、急ごう」

「だけど、アマ、わかんないよ。戦争の目的は、勝つことなの？　みんな、そのために戦ってるの？　それとも、戦うことが正しいことだから？」父さんは答えずに、前をむいて歩きだした。きっと、少しすれば立ちどまって答えてくれるだろう。

しばらくすると、父さんはぼうぼうの髪を手でかきあげながらティンのほうをむいた。

「ベトコンと北ベトナムにしてみたら、自分たちが正義だ。何が正しいかなんて、だれにわかる？」

「だけど父さんはいつも、何が正しくて何がまちがってるか、考えてるじゃないか！」

「もう、そういう問題じゃない」父さんは、はげしい口調でいった。ティンの両肩をつかんで、一回強く揺《ゆ》さぶる。「ときどき、考えもしないうちに、一線を越えてしまうことがある。そして線のむこう側にいってから、望んでない状況に踏《ふ》みこんでしまったことを知る。わかるか？　わたしは、戦うという決断はしなかった。線を越えるという決断をしただけだ」父さんはティンの肩から手をはなしたけど、まだおおいかぶさるようにしてしゃべっていた。「わたしがいっている意味がわかるか？」

「よくわかんないよ」

「ひょっとしたら、何年も前におまえの母さんを愛したときに、その線を越したのかもしれない。お母さんのために戦わないでいられるか？　あるいは、線を越したのはついひと月前かもしれない。北ベトナムが攻めてきていると知っていたのに、家族を村から連れださなかったときだ」

「つまり、戦うしかないってこと？　一線を越えてしまったから？」

「そうだ。だが、ティン、急がなきゃならん」

ティンはまた、父さんのあとをついて歩きだした。しばらく歩くと、父さんはまた立ちどまって、振りむいた。顔をしかめている。しわの寄った父さんのおでこは、軍曹がよく使っていた地図みたいだ。あの地図では山脈が、何度も折ったり広げたりした紙みたいに見えた。「いっておかねばならないことがある。指揮官が、ドクとゲンを食べようと考えている」

「えっ！」

「ティン、指揮官は、象といっしょにはたらいたことがない。わたしたちと同じような気持ちを象に対してもってはいない。だが、野生の群れが見つかればドクとゲンには手をつけないといっている。ユエンが、群れに会ったといっていた。見つけられると思うか？」

「だけど、レディがその群れにいるんだよ。レディにとってあの象たちはだいじな仲間なんだ。どこにいるかわかんないけど……正確には、わかんないよ」

「レディのことは、残念だったな」

ティンはふいに、レディがいなくなったことを思って泣きたくなった。レディといっしょにいるときは、家族に会いたかった。そして家族と再会できたいま、レディに会いたい。

家族とレディがいなかったら、ぜったいに幸せな人生なんか送れない。

「ティン、ジャングルには、デガ（山の人）が何千人もいる。何万人もいるかもしれない。みんな、わたしたちとはちがう。もっと西洋人に近いんだ。遠い村からきたわたしたちを、古くさくて遅れていると思っている。象も、その古い考え方のひとつだ」

「古くさい？　ぼくたちが？」

「むこうは西洋の服を着て、箱に入ったたばこをすっている」ティンが答えないでいると、父さんは話題をかえた。「ユエンのお母さんが、ユエンの帰りが遅いのを心配している。おまえがさがしにいってくれないかと思っていたんだがね。ユエンのことが心配だ。みんなが何かしら、心配している。村での生活とは大ちがいだ。前も心配ごとがあるつもりでいたが、いまでは、あのころの心配などなんでもないように感じるよ」

ティンは、うつむいて地面をじっと見つめていた。父さんのいうことは、よくわかる。自分も前は、レディが幸せでいられるかどうかがたったひとつの心配ごとだった。いままでは、何もかもが心配だ。むしろ、心配じゃないことが思いつかない。

ジャングルはうっそうとしていて、湿気《しっけ》ていた。草木のくさったにおいがする。ティンは、自分の手のひらくらいの大きさのナメクジが足元から遠ざかっていくのを見つめていた。そして、顔をあげて父さんを見つめた。自分もきっと、父さんみたいにつかれた顔をしているんだろう。ふたりはまた歩きはじめた。今度はだまって。ティンの頭は、あたらしく起きた問題のことでいっぱいだった。指揮官が象を食べるといっているし、父さんはぼくにユエンをさがしにいってほしいと思っている。それに、ぼくたちは戦争に負けそうだ。いまは考えもつかないような問題が、きっとほかにもたくさんあるんだろう。

キャンプに着くと、ティンは真っ先に母さんを見つけた。母さんもこちらにかけてくる。ティンは母さんを大声で呼び、また走りだした。抱きしめようとしたら、母さんはティンの足元に倒れこみ、両腕《りょううで》でティンの脚《あし》を抱えて泣きだした。「帰ってくるのはわかっていたわ」

ティンは母さんを立たせようとしたけれど、母さんはしがみついたままだ。「アミ。アミってば！」

母さんはやっと立ちあがると、ティンの顔をなでた。まるで、ほっぺたについているものを落とそうとしてごしごしこするように。そしてまた泣きだすと、ティンの腰《こし》を抱きしめた。「心配だったの。そうよ、ほんとうは、帰ってこないんじゃないかって心配だったんだから！」

ティンは、小さな子どものときのように母さんにしがみついた。ユエンといっしょに逃げてきたとき、ティンはまだ自分を子どものように感じていた。だけど今は、一人前の若者だ。おでこを母さんの肩にあずけると、ほっとする。だけど、もうひとつの感情も押しよせてくる。さみしさだ。もう、子どもじゃないというさみしさ。子どものころが、もうなつかしい。

やっと、母さんは泣きやんだ。「さあ、食べさせなきゃね」母さんはいって、ティンの顔をまたさすった。今度は皮をはがそうとしているみたいに引っぱる。ちょっと痛いくらいだ。前だったら、まだ子どもだったころなら、もんくをいっていただろう。でもいまは、母さんに好きにさせておいた。

「顔の皮がはがれそうだぞ」父さんがやさしくいって、母さんの腕をとった。

「ふたりとも、たっぷり食べさせるわよ」

「わたしはもどらなければならん」父さんがいった。「今夜、作戦を決行するから」

「だって、きのう作戦からもどってきたばかりじゃないの！」

父さんはかがみこんで、母さんのほっぺたにキスした。それから、ティンのほうをむいていった。「しばらくお母さんといっしょにいなさい。二日間いられるように、指揮官のほうにはうまくいっておく。二日したら、男のキャンプにきなさい」

鳥のさえずりのような声がきこえたかと思うと、ジュジュビーが走ってきた。ティンがしゃがむと、ジュジュビーはからだごと飛びこんできて、ティンを突き飛ばした。そんなことだろうとは思っていたけど、ジュジュビーはそのあとティンの鼻に指を突っこんできた。

「おい！　まったく、なんでそんなことするんだ？」

「大好きだから！」ジュジュビーが叫ぶ。

ジュジュビーにだけ通用する理屈《りくつ》だ。ティンはジュジュビーを抱きしめ、目を閉じて前後に揺らした。こうしてジュジュビーを抱いているとほっとする。じゃらじゃらという音が近づいてきて、顔をあげると、ユエがいた。いつものように、足首に十二本ずつ輪っかをつけている。ユエは、恥《は》ずかしそうににっこりした。去年から急に、恥じらうようになった。話をするときはいつも、友だちとでも家族とでも、目を伏せてかすかな笑みを浮かべる。ティンが立ちあがると、ユエはティンを、すました顔で抱きしめた。

父さんがティンの肩をたたく。「わたしはもういかなければいけない。二日後に会おう」

「三日よ」母さんがきっぱりいった。母さんが強い口調になるときは、だれも反抗《はんこう》できない。父さんもきっと、おとなしくいうことをきくだろう。

「わかった、三日だ」父さんはいった。そして、母さんの顔にちょっと触《ふ》れてから、帰っていった。うしろ姿を見ただけで、父さんが悩《なや》みごとをたくさん抱えているのがわかる。肩がガくんと落ちて、おじいさんみたいにつらそうに歩いている。

父さんがいってしまうと、ティンはあたりを見まわした。何百人もの人が、巨大な木々のあいだの狭《せま》い地面にすわっている。あちらこちらで、バナナの木に飾《かざ》りつけのように実がつるされている。ほんの数メートル先で、ドクが樹皮《じゅひ》を引っぱっていた。ゲンが立ったまま目を閉じている。ゲンはほんとうに、寝るのが好きだ。

男のキャンプと同じくらいたくさんの人がいる。子ども、老人、母親、病人。ティンが立っている真むかいに、十五人くらいの人が地面に横になっているのが見える。病気の人たちだろう。おそらくほとんどがマラリアだ。あちこちにいろんな色の毛布が散らばっている。マラリア患者《かんじゃ》は下に毛布を敷いて上にもかけているし、赤ん坊は下に敷いて寝ている。老人は、くるまっていた。

母さんがいった。「うちの場所にいくわよ。食事をしたら、ユエンのお母さんのところにいってちょうだい。あなたと話をしたがっていたから。おまえのことを、息子のように思っているのよ」母さんは、そこで声をひそめた。「でもおまえのほうは、自分の家族ほどに思っていないのはわかっているわ」

家族の〝場所〟というのは、地べたに敷いた三枚のあざやかな赤の毛布のことだった。ハエが、ふたをしたなべのまわりを飛びまわっている。どこでなべを手に入れたんだろう？　母さんはおわんに、ジャガイモらしきもののスープをよそってよこした。正直、肉じゃないのかとちょっとがっかりしたけど、ティンはだまっていた。スープを飲もうとしていると、ジュジュビーが左腕にからみついてくる。「ジュジュビー、兄さんのじゃまをしないの！」母さんがしかった。

　ジュジュビーはそれでもしつこくしがみついている。「いいんだよ。右手を使うから」

ジュジュビーにこうやってくっつかれるのは、悪くない。

　お腹《なか》がいっぱいになると、急に疲れにおそわれた。母さんが話をしたがっているのはわかるけど、起きていられない。ジュジュビーとユエも、ティンをはさんで横になった。ふたりとも、ティンの腕にしがみついている。

　目をさますと、すでにあたりは暗くなっていて、姉も妹もとなりにいなかった。ふたりとも、どこにも姿がない。母さんがすわってティンを見つめている。たぶんずいぶん長いこと、こうやっていたんだろう。

「またお腹がすいた？」母さんはすぐにたずねた。

「ううん、まだ疲れがぬけなくて。どれくらい寝てた？」

「二時間よ。ほかの村からきた人たちが時計をもってるから、しょっちゅう時間に追われているわ」

まぶたが重いし、頭がぼんやりしてる。「もう少し寝るよ」ティンはいって、また目を閉じた。

真夜中に目をさますと、ジュジュビーといっしょに毛布をかけていた。ジュジュビーのいびきは、覚えているより大きい。ジュジュビーは、なんでも全力だ。いびきさえも。

ああ、レディに会いたい。レディは何をしてるだろう。まだあの群れといっしょだといいな。野生の象は、雌《めす》はつねに群れで、雄《おす》はたいてい単独《たんどく》で行動する。雄の象を調教《ちょうきょう》している象使いがいるという話をきいたことがあるけれど、じっさいに見たことはない。ただのうわさかもしれない。

ずっとレディといっしょにいるつもりでいた。レディが死んだら、大きな街に、それからタイに、つぎにアメリカに旅行する。帰ってきたら、ベトナムに象使いの学校をひらく。いろんな人が国じゅうから集まってくるだろう。だけど今となっては、どうしたらいいかわからない。どこへいったらいいかも。

おいしげる葉のあいだにわずかにあいたすき間から、ムトゥがかがやいているのが見える。ティンの心に、幼いころ母さんがよくうたってくれた歌がよみがえってきた。

月はかがやく、あなたの上に
お日さまはかがやく、あなたの上に
雲はかがやく、あなたの上に
わたしの心はかがやく、あなたの上に

あの歌をきくと、守られているのを感じてほっとしたものだった。母さんの心がぼくの上でかがやいている。今だって、母さんがうたってくれたら、どんなに安心するだろう。だけどぼくはもう、子どもじゃない。母さんに歌をうたってくれなんて、たのめない。大人が母親にそんなことをたのむなんて、見たことないから。

ティンはまた眠った。目がさめたときには明るくなっていて、母さんがまたそばにすわってこちらを見ていた。母さんはおわんをもっていて、ティンが起きあがるなり、「食べなさい」といってわたしてくれた。

ティンはおわんを口元にもっていってスープを飲み、指を使ってジャガイモを食べた。今朝はスープのなかに、見たことのない緑色の草が入っている。母さんは、ぜったいに緑の草を料理にいれたがる。緑色の食べものは長生きの秘訣《ひけつ》だと思っているからだ。ティンは、肉のことしか頭になかったけれど。

あたりを見まわすと、トマスがゲンの横に立って、話しかけていた。怒りがこみあげてくる。トマスとユエンによってたかって責められたことを、ずっと許せそうにない。

ふと、象を食べようとしている〝指揮官〟とやらに対する怒りもわいてきた。象を食べるなんて、まったくもって理解できない。象は家や学校や本と同じように、文明社会の一部だ。その指揮官がそんなに賢《かしこ》いなら、それくらいわかって当然なのに。象を食べるなんて、文明化とは正反対だ。

ティンは目を閉じて、昔を思いだすことに集中した。まじない師《し》が前に、何かをいっしょうけんめい考えるだけで現実に起こせることもある、といっていたからだ。じっさいに目にしたことはないけれど、まじない師がうそをつくわけがない。ティンは長いこと集中していたけれど、目をあけたとき、何ひとつ変化はなかった。

ふと見ると、トマスが象たちのところをはなれて、頭からつま先まですっぽり毛布でおおわれた人におおいかぶさるようにしている。お母さんだろう。トマスは、指揮官がゲンとドクを食べようとしてることをどう思ってるんだろう。象を二頭食べたところで、すぐに食料は足りなくなるだろう。そうなったらまた、振りだしにもどってしまう。それでなんの得があるんだ？　なんにもない。それが事実だ。とにかく、ぼくはその指揮官がきらいだ。会ったら、もっときらいになるだろう。

ティンは、ユエンのお母さんを見つめた。泣いている。ああ、ユエンが憎《にく》い。ティンはふいにそう思って、自分でびっくりした。ユエンとは子どものときからいっしょだったのに。だけど、裏切ったのはユエンのほうだ。

きのうの夜はムトゥが見えた葉っぱのあいだのすきまから、青空が見える。ティンはその空を見つめながら、その美しさで心をいっぱいにして、いらだった気持ちをしずめようとした。

じゃらじゃらという音がして、振り向くと、ユエがいた。

「ティン？」ユエがこちらを見つめている。

「何？」

「ユエンのお母さん、泣いてるの」

「うん。知ってる」

「ユエンは、ジャングルの北の方にあるべつのキャンプに伝言を運ぶはずだったのよ。もう二日前にはもどってなきゃいけないの」

「アマからきいた」ティンは冷たくいった。

ユエは、一瞬ぽかんとした。それから、顔がくもった。ユエは、すごく思いやりがある。ティンは、姉への愛《いと》しさがこみあげてきた。

「ユエンは、森の達人《グッド・イン・ザ・ウッズ》だから」ティンは、英語でいった。軍曹が、ジャングルをすいすいぬけていく人のことを表現するのに使っていた言葉だ。

「わかってるわ。アミもそういってなぐさめたんだけど、泣きやまないのよ。話をきいてあげてくれる？」ティンには、父さんがたまに疲れきって見える理由がわかってきた。急に顔にしわが増えた理由も。毎日が、心配ごとをどんどん運んでくるからだ。

第十二章

ティンはユエのあとをついて、キャンプの中心部にいった。歩きながら、ユエンのお母さんが父さんと同じことをいってくるんじゃないかという気がしてきた。ユエンをさがしにいってほしいといわれたら、どうしよう。トラッキングが得意だし、みんなからユエンの親友だと思われているから、ぼくが候補《こうほ》になるのは当然だ。

ユエンのお母さんは、毛布にくるまっていた。泣いているけれど、涙は流れていない。まるで、涙が枯《か》れてしまったようだ。ティンはためらった。でもそのとき、ユエンのお母さんはティンの視線を感じたかのように、こちらをむいた。「ティン！　ティン！」

ティンが横にしゃがむと、ユエンのお母さんはティンを抱きよせて泣きついてきた。ふたりはそうやって、長いことすわっていた。そのうち、ティンは脚《あし》がしびれてきた。抱きあっていると、心配するお母さんの気持ちが痛いほど伝わってきて、ユエンとけんかしたことを後悔した。でも、事実は事実だ。ユエンに対して、つい数週間前と同じ気持ちにはもどれない。

お腹《なか》と、心臓と、頭で、ティンはユエンが無事だと感じられるものをさがした。だけど、心で感じることも、頭で考えることも、直感《ちょっかん》も、何も教えてはくれない。まだあせるには早い。ジャングルの感覚では村にいるときとはちがって、二日くらいの誤差《ごさ》はたいしたことない。父さんがそう教えてくれた。父さんは軍曹《ぐんそう》といっしょに任務《にんむ》に出かけるとき、どれくらいで帰ってくるかを正確に告《つ》げたことがなかった。たまに告げても、まちがっていることもあれば合っていることもあった。

ユエンのお母さんは、ティンにひと言もいわない。ただ抱きしめたまま、泣いている。とうとう、ティンはたえられなくなってきっぱりいった。「ぼく、いきます!」

ユエンのお母さんは、ぽかんとした顔でティンを見つめた。

「ぼく、さがしにいってきます!」

ユエンのお母さんは、なんともいえない顔をして、また泣きだした。ティンはそのとき、それが幸せと感謝のせいだとわかった。

「よかったら、わたしもいっしょにいくわ。こわくなんかない」ユエンのお母さんがいった。

ティンは、木々を見つめた。高さが家の長さほどある木もある。「ここで待っててください、叔母《おば》さん。すぐに出発しますから」いつから叔母さんと呼ぶようになったのか、おぼえていないくらいだ。つまり、ユエンのことは、おぼえてないくらい昔から知っているということになる。

ユエンのお母さんはティンの手をとってさすりながら、ありがたそうにティンを見つめた。

「そのあたりにいるでしょうから、さがしてきます」ティンはいった。内心、考えていた。ユエンは森の達人《たつじん》だから、道に迷うはずがない。もしつかまっていたら、助けることはできないだろう。ふと、ユエンが脇道《わきみち》にそれてしまった可能性がいちばん高いと思ったり、けがをしているかもしれないと思ったりする。いまは、ユエンはたんに脇道にそれただけじゃないかという気がしていた。だけど、さがしにいくといってしまったからには、いかなきゃいけない。なんといっても、ぼくがけんかした相手はユエンで、叔母さんじゃないんだから。

一時間かけて兵士のキャンプにもどると、男たちが食事をしていた。父さんは眠っていたから、起こさないでおいた。きっと、前の晩の任務でくたくたなんだろう。そのとき、ユエンのお父さんを見つけた。

「ティン！」ユエンのお父さんは、うれしそうに、でもつかれた声でいった。きのうの夜はやっぱりアマと同じ任務だったのかな。それとも、いつもいろんな任務がばらばらにあるのかもしれない。

「叔母さんに、ユエンをさがしにいくといってきたところです」

「ティン！」ユエンのお父さんは、ティンを抱き寄せた。「きみは、息子同然だ。わたしが自分でユエンをさがしにいきたいが、指揮官《しきかん》が許《ゆる》してくれない。毎日、だれかしらが、人をさがしにいきたいとたのんでいるんだ。わたしは、きのうも指揮官とそのことで一時間も言い争ったがね」

「ユエンがどっちにいったのか、教えてもらえますか？」

「ここから北西に数キロだ。そこに、べつのキャンプがある。わたしもいったことはないから、それ以上のことはわからない。さあ、わたしの銃《じゅう》をもっていきなさい」ユエンのお父さんは、ライフルを差しだしたけど、ティンはためらった。荷物が増えるし、どちらにしても使い方がわからない。前に父さんについて任務に出たとき、空中に銃を撃《う》ったことがあったけど、幸いにもだれにもけがをさせないですんだ。

「いえ、うっかり自分の足を撃つのがおちですから」ティンはいって、つくり笑いを浮かべた。「もういきます」

ユエンのお父さんは、キャンプが見えなくなるあたりまでティンを送ってくれた。「気をつけてな」

「いってきます、叔父《おじ》さん」

ティンは、いちばん障害《しょうがい》が少ない道を歩いた。ユエンだったらそこを歩くだろうと思ったからだ。何ひとつ見逃さないよう、聞き逃さないよう、それから、ちょっとでもいつもとはちがった感じがしないか、神経《しんけい》を集中させる。ものすごくつかれる作業だ。

正午くらいになってやっと、ティンはユエンの足跡《あしあと》を見つけた。北ではなく南にむかっているから、キャンプにもどるときものものだ。つまり、ユエンはすでに伝言は届けて、どういうわけかもどる途中に脇道にそれてしまったらしい。一瞬、ユエンに対する怒《いか》りがこみあげてきたけど、すぐに自己嫌悪《じこけんお》におそわれた。

ユエンの足跡は、わかりやすい。片方の靴底《くつぞこ》に穴があいているからだ。でも、裸《はだか》の土を踏《ふ》んだところにしか足跡はつかないし、ジャングルはほとんどが草木でおおわれている。

それでも、ユエンが歩いていた方向がわかってしまえば、足跡がほとんどなくてもあとをたどっていける。はっきり足跡が見えるときは、左右が一列になっていることが多かった。つまりユエンは、何度も立ちどまったということだ。そうでなければ、足跡は横ではなくて縦についているはずだ。ティンは血の跡がないかどうか、さがしたけれど、見つからない。怒りのかわりに、同情がこみあげてきた。ユエンは病気か、けがをしているか、疲れきっているはずだ。その三つともかもしれない。

ティンは水筒《すいとう》の水を飲みながら、歩きつづけた。午後遅くになって、遠くに人が横になっているのが見えた。ユエンだ。ティンは声をあげて、かけよっていき、うつぶせになったからだに触《ふ》れてみた。あたたかい。ああ、よかった。ラーデ族が命を落とすのはいやだ。友だちでも、そうでなくても。

ティンは、ユエンの背中をつついた。「ユエン？　ユエン！」だけど、返事はない。ユエンのお母さんが泣きくずれていた姿を思いだす。手首で脈をはかってから、つぎに何をしたらいいか、考えた。象がけがをした場合は、まずはどこに傷があるのかさがす。背中には傷はなさそうだけど、引っくりかえしていいものかどうかわからない。このからだを……ユエンを。

だけど、もし象だったら、可能なら引っくりかえすだろう。どちらにしても、キャンプに連れてかえるには、動かさなきゃいけない。助けを呼びにいくほうがいいと判断しなかった場合だけど。ああ、そんな決断、どうやってすればいいのか、わからない。

血が出ていたら、早く止めなくちゃいけないはずだ。そうと決まったので、ティンはユエンのからだを引っくりかえした。できるだけそーっと引っくりかえして、傷をたしかめる。おでこに、握《にぎ》りこぶしくらいの大きさの傷がある。その傷を見たとたん、ティンの両手はふるえだした。あたりを見まわすと、争った跡がある。草がむしられ、枝が折れている。ユエンとはちがう足跡もある。心臓がどきどきして、口から飛びだしそうだ。これで、ユエンがこんなに遅くなった理由がわかった。トラッキングされて、追跡者《ついせきしゃ》の足音がするたびに動きをとめていたんだ。だけど、ついに追いつかれてしまったんだ……ティンはパニックにおそわれた。どうすればいいのか、わからない。

まだ日の光がある。わずかだけど、少しだけ進むにはじゅうぶんだ。助けを呼びにいく必要はない。骨が折れているとか、正直、背骨が折れているとかでもなければ、そんなことをするまでもない。ユエンをかつぎあげても、おでこの傷が悪くなることはないだろう。ティンはうめき声をあげながら、ユエンを肩にかついだ。ああ、ユエンのやつ、見た目よりずっと重たい。

一歩一歩、必死で歩いた。父さんと軍曹といっしょに任務に出たあのとき、軍曹はアマの友だちを、いともかんたんに運んでいた。せいぜいおでこに汗を浮かべているくらいだった。軍曹が大人をひとり運べたんだから、ぼくだって男の子をひとりくらい運べるはずだ。それにしても、ユエンは重い。

足を前に出すたびに、つぎの一歩が出るかどうかわからない。ああ、こんなことになるなんて、考えたこともなかった。ユエンの命が自分にかかってくるなんて。こんな責任、重すぎる。ティンは、日が沈《しず》むまで歩いた。もう少し先までいこうかとも思った。暗くても、正しいと思う方向へ進めばいい。そうしたいのは山々だったが、もしまちがった方向へいってしまったら、ユエンをキャンプに連れもどすのが遅くなる。手遅れにもなりかねない。ティンは、止まった。ユエンをそーっと地面におろしたつもりだったけれど、うっかりどさっと落としてしまった。ああ、ぼくは、なんてだめなんだ。ティンはまた、助けを呼びにいったほうがいいかとも考えたけれど、やっぱりだめだと思いなおした。「落としちゃってごめん。これでもがんばったんだけど」ティンはつぶやいた。すると、びっくりしたことに、ユエンが返事をした。

「え？　何？」ユエンがいう。

「ユエン、ティンだよ！」だけどユエンは、それ以上はしゃべらなかった。ティンはユエンをポンチョでくるんでやり、ジャングルの地面をおおっている植物の上の自分のとなりに寝かせた。夜になって、歯ががちがちいうほど冷えてきた。なんでこんな目にあわなきゃいけないんだ？　どうして？

ティンは、ユエンとよくいっしょに遊んだことを思いだした。ティンは走ったりボールを強く蹴《け》るのは得意だったが、ユエンのほうが正確だった。思いだせるなかでいちばん古い記憶は、四歳のころだけど、母さんの話では、ふたりは歩きはじめたころから仲がよかったそうだ。そのとき、ティンは思いだした。つい一週間半前、ユエンは父さんを侮辱《ぶじょく》した。一生許せないと思っていた。だけどこうしてジャングルの地面に横になっていると、すでに許している。ユエンが年上の男の子たちのあとばかり追いかけていたことは、責められない。というか、ユエンを責めることはできても、それでなんになる？

ティンはまた、父さんがいっていたことを思いだした。ジャングルは人を変える。父さんはぼくに、どうして人間は森のなかで生活するのではなく家が必要なのか、説明しようとしてたんだ。どこがちがうのかはわからないけれど。だいたい、ぼくが毎晩寝ていたのは小屋で、家というよりはテントみたいなものだ。だけど父さんは、人はジャングルにいるとふだんとちがう行動をするといっていた。家がないと、文明からはなれていく。「ただの小屋でも、人間としての礼節《れいせつ》は守られる」といっていた。父さんがそういうふうに哲学的《てつがくてき》なことをいうと、ティンはいつも感心してしまう。つまり、ユエンもトマスも、ティンさえも、ジャングルにいっしょにいるときは変わってしまっていたということだ。

「え？」ユエンがまたいった。「何？」

ティンは返事もしないで、暗がりに目をこらし、親友の心配をしていた。

第十三章

つぎの日、ユエンはさらに重くなったように感じられた。ティンは首と背中がどうしようもなく痛かったけれど、なんとか歩きつづけた。なかなか進まないし、キャンプに近づくにつれて、さらに進みは遅くなる。戦争中というのは、日常生活よりずっと疲れることが多い。父さんがきいたら、何にもわかってないと思われそうだけど、ティンには、戦争の正体が理解できずにいた。戦争は疲れる。ここ二、三週間で、ティンのからだにたくわえられていたものはすべて使いはたされてしまった。キャンプにもどったところで、自分が使いものになるとは思えない。ましてや、伝令《でんれい》なんてむりだ。もどったとたんに指揮官《しきかん》に仕事をいいつけられると思うと、腹が立つ。そんなことをいわれたら、はっきり断ろう。

なんといわれても、断るんだ。

やっとのことで男たちのキャンプに着き、ユエンをおろした。また、そっとのつもりが衝撃《しょうげき》を与えてしまった。父さんがもうこっちに走ってくる。たくさんの人がユエンのからだを見おろしているけど、みんな無表情で、興味《きょうみ》がなさそうだ。

父さんが近づいてきたとき、ティンはただいまのかわりにいった。「生きてるよ。呼吸《こきゅう》はしっかりしてないけどね。ユエンは……」

「父親を呼んでくる」父さんが口をはさんだ。「母親に伝えてきてくれ」

「だけど、だれがユエンをみてくれるの？」

「ほかの村からきた医者がいる。さあ、いこう」

ティンは走りだした。ユエンをかついでいないと、なんて軽くて自由なんだろう。ほんの三十分しかたってない気がしたころ、ティンは女の人のキャンプに着いた。まっすぐ、ユエンのお母さんのところへいく。ユエがとなりにすわって、なぐさめていた。ユエンのお母さんは、目に恐怖《きょうふ》の色を浮かべて顔をあげた。

「生きてます」ティンはいった。その先をいおうとしたけど、ほかに何をいいたいのか思いつかない。

恐怖と喜びとがいりまじった顔で、ユエンのお母さんはぱっと立ちあがり、男のキャンプのほうにむかった。

このあと、やるなら狩猟《しゅりょう》の係がいい。伝令なんかやりたくない。だれかの肩にかつがれるような目には、あいたくない。しかも、もし狩《か》りが成功したら、男たちに肉を食べさせられて、指揮官も象を食べようなんて考えを忘れるかもしれない。ああ、銃《じゅう》の使い方さえ知っていたらなあ。

ティンは、母さんに会いにいった。ユエといっしょにすわっている。ジュジュビーは、ほかの小さい女の子といっしょに笑っていた。最後に人が笑うのを見たのは、いつだっただろう。思いだせない。

母さんはティンを抱きしめて、また顔をごしごしこすった。村が侵略《しんりゃく》される前はこんなことをしたことなかったのに、いまではしょっちゅうする。「兵士が、人のいなくなった村でお米を見つけてきたの。食べていきなさい」

母さんは竹でつくったおわんをなべにつっこみ、湯気《ゆげ》を立てている米をよそった。ティンは、がつがつ食べた。米を食べるのは、墓地《ぼち》で穴を掘ったあのとき以来だ。そう思いだしたら、おいしさが半減したけれど、それでもティンは食べつづけた。

何杯も食べてから、横になって昼寝をした。米を食べたあとで眠るなんて、戦争中には最高のぜいたくだろう。

「ティンに話さないの？」ユエが母さんにたずねる。

なんのことだろう。でも、いいことじゃないのはわかっている。いま、何をききたくないといって、いやな知らせほどききたくないものはない。だけどティンは、母さんのほうをむいてたずねた。「何？」

「指揮官が明日、象たちを連れていって、兵士用の食料にすることを決めたの」

ふいに、疲れがどこかへいってしまった。ティンはすぐさま、狩りにいってくると母さんにいった。そして、弓矢を手にとった。「大きな獲物《えもの》を捕まえなきゃ」ドクとゲンを助けるためなら、いざとなれば野生の象をしとめてもいい。弓矢でそんなことが可能なのかどうかわからなかったけれど、そんな心配はあとですればいい。

「ティン、もう指揮官が決定したことなのよ」ユエがいう。

「なら、決心をかえさせるさ。急がなきゃ。明日にならないうちに、大きい獲物を捕まえてくる」頭にいろんな考えが浮かぶ。まず、どうして自分の村の人たちが反対しないのか。象を、自分たちの象を食べることに。つぎに、いまのぼくに狩りなどできるんだろうか。

ここ数日、まともに眠っても休んでもいない。目をあけていられる自信さえない。だけど、どうしてもドクとゲンを助けなくちゃ。

ユエが、信じられないという顔でティンを見つめた。「だって、もどってきたばかりなのに！」

「どうしてもやらなきゃいけないんだ」ティンはいった。父さんがいっていた、一線を越える話を思いだす。ぼくは数年前、象使いになる決心をしたときに、一線を越えたんだ。その線を越えたせいで、いまでは象を殺さなければいけない。おかしな話だけど、それが現実だ。

見ると、父さんがこちらに走ってくる。今度はなんだ？　ティンは立ちあがったけど、父さんがいいにきた話をほんとうはききたくなかった。

だけど父さんはやってくると、ティンの肩に手をおいていった。「ユエンはだいじょうぶ、目をさましたよ。話もしている。おまえに伝えたくてな」

「アマ」ティンはいって、頭を父さんの肩にのせた。

そしてしばらく、そのままでいた。そのうち、父さんがやさしくいった。「むこうのキャンプにもどらなければいけない。ユエンのお母さんから、おまえに礼をいっておいてくれとのことだ。おまえのためなら、なんでもするといっていたよ」

「べつに、なんにもしてもらわなくていいよ」

父さんは、わかれぎわにいつもするように母さんの顔をなでて、もどっていった。ジュジュビーがキャンプの端までついていく。ティンはふたりの姿を見つめていた。狩りにいきたいけど、残ってからだも休めたい。

「朝までもどってこられないと思う」ティンは、母さんにいった。「心配しないで」

「ティン。だって、もどってきたばかりなのに」

「ぼくだって、いきたくないよ。でも、いかなきゃいけないんだ」

ティンは出発した。そして、二時間ほどジャングルのなかを歩き、動物が水を飲みにきそうな川の近くの場所を選んだ。枝が木の高い位置にあるから、のぼるのはむりだ。かわりに、ぎっしり低木がはえている茂みに腹ばいになってかくれた。長いこと待たされるかもしれないな……人間のにおいでおびえた動物は出てこないかもしれない。だけど、ぼくがいる場所は動物がやってきそうな方向と川のあいだだし、風下だから、だいじょうぶかもしれない。ティンは、弓矢をかまえて待った。狩りには、待つのがつきものだ。

静かに、じっとしていればいるほど、どんどん感覚がとぎすまされていく。一心不乱《いっしんふらん》に、全神経《ぜんしんけい》とからだのすべての部分を、動物がきそうな小道に集中させる。そのうち雨がふってきたので、ティンはあきらめようかとも思った。何もかも、うまくいかないことだらけで、もううんざりだ。だけど、あきらめるわけにはいかない。ものすごくたいせつなことだから。

雨がどんどんはげしくなってきて、葉叢《はむら》のあいだを流れて落ちる。いいほうに考えなくちゃ。雨のおかげで、においがごまかせるし、音を立てたとしてもきこえない。ティンは待った。以前、五時間ほど木のあいだで待ったけど、暗くなってきたのであきらめたことがある。

ひとつ問題だったのは、どうしようもなくからだがかゆくなってきたことだ。頭のなかがそのことでいっぱいだ。そういうことは、よくあった。狩りをしているときも、学校にいるときも。ソラット先生が教室じゅうをじっと見ながらえんえんと話をしていると、どんどんかゆくなってくる。

ティンはつま先だけ動かしてみた。少しだけ動けば、かゆみが消えてくれるかもしれない。頭までかゆくなってきた。ソラット先生はいつも、いっしょうけんめいかゆくないと考えなさいといっていた。だからいまティンは深呼吸をして、自分にいいきかせた。「かゆくない。かゆくないぞ」だけど、逆にかゆいことに注意がむいてしまって、かゆみが悪化した。かゆくてかゆくて、叫《さけ》びだしそうだ。かいたらどんなに気持ちがいいだろうと考えることに集中してみよう。

ティンはびしょぬれだった。指がすべって矢を落としたらどうしよう。ああ、かゆくてしょうがない。血がでるくらいかきむしりたい。だけど、いまにも動物が通る感じがした。するととつぜん、姿が見えた。うつくしい牡鹿《おじか》だ。あの枝角からすると、子どもではない。牡鹿が射程距離《しゃていきょり》まできたとき、ティンは弓をひいて矢を放った。はずれた！　ティンはまた矢をつがえたけれど、二本目を放たないうちに、牡鹿は走り去ってしまった。ああ、なんで一発でしとめられなかったんだろう？　条件は最高だったのに。これで、いままで待ったのがむだになってしまった。もう牡鹿はこわがって出てこないだろう。ティンは脚《あし》をひとしきりかいた。全身をかきむしった。いまは、運命は味方してくれていない。

キャンプにもどろうとしたときには、雨はあがっていた。半分くらいもどったとき、木の皮に牡鹿がつけた跡《あと》があるのに気づいた。父さんから、牡鹿は角を木にこすりつけ、自分のなわばりのしるしに葉っぱを地面に落とすときいた。よし、もう一度やってみよう。ティンはのぼれそうな低い木を見つけて、枝に腰をおろし、弓矢をかまえて待った。ひたすら待つうちに、時間をむだにしているだけじゃないかと心配になってきた。ぼくの責任じゃない。だれでも、悪い精霊《せいれい》のタオとソクに追いかけられる時期がある。そんなときに何をやっても、うまくいかない。

しばらくすると、目をあけていられなくなってきた。学校でもよくあることだ。そんなときはいつも、ヤン・リーに試《ため》されているんだと思った。ぼくを眠らせようとしてるんだ、と。だけど、ぼくはあきらめない。必死で目をあけて、牡鹿との勝負に勝とうと決めていた。いつもソラット先生に勝ったみたいに。だけど、どうしてもまぶたが閉じてしまい、ティンは、自分の小屋で眠っている夢を見た。

気づいたら、動いていた。そして、地面にどさっと落ちた。一瞬、夢かと思った。よく落ちる夢を見るからだ。だけど、この痛みはほんものだ。全身が痛い。からだじゅうが、骨という骨が、筋肉という筋肉が、痛い。ティンはうめいた。ヤン・リーを呪《のろ》った。

自分の責任だろうと、精霊の責任だろうと、同じことだ。どちらにしても、ぼくはどうしようもない役立たずになったんだ。こんなにせっぱつまっていても、立ちあがることさえできない。だけど、それでもかまわない。だってぼくは、立ちあがりたくないんだから。数時間、そのまま横になっていると、ジャングルはだんだん暗くなってきた。虎がくるかもしれない。それでも、自分の身を守ろうという意志さえもてない。だけど考えてみたら、守ってどうなる？　いっそのこと、虎がきて、こんなことを一気におわらせてくればばい
い。母さんだって、ぼくのことをいずれは忘れるだろう。レディが忘れたように。ぼくはほんとうに、どうしようもない役立たずだ。

第十四章

ティンは、そのまま眠りこんでしまった。そして、ぎくっとして目をさました。蛇《へび》が一匹、顔の上をはっている。手で払って起きあがったけれど、蛇はすぐにもどってきた。また、払いのけた。そして、気づいた。真っ暗で何も見えないけれど、蛇なんかどこにもいない。

そのとき、聞きおぼえのある音がした。この鳴き声は……？　いや、そんなはずはない。気のせいに決まっている。だけど、またきこえる。たしかに、あの鳴き声だ。ティンは待った。すると、蛇だと思っていたものが、また顔に触《ふ》れた。「レディ！」ティンは叫《さけ》んだ。「レディ！」レディが、鼻の先でティンの顔をなでていた。涙《なみだ》があふれてきた。

「ありがとう、もどってきてくれて。ありがとう」ティンはもう、声をあげて泣いていた。こんなふうにわんわん泣いたのは、生まれて初めてだ。からだがふるえるほど、とりつかれたかのように泣いた。レディは、どうしたんだろうと考えているような顔をしている。

泣きやむと、ティンは一気にしゃべりだした。「ぼく、ずっとひとりだったんだ。木から落ちちゃってさ。だけど、たいしたことない」レディは鼻で、ティンの頭のてっぺんをさすった。まだ、どこか悪いんじゃないかと確かめているみたいに。そのあとまた、ティンの顔のほうに鼻を近づけてきた。「ぼくがみじめなのがわかってて、もどってきてくれたの？　それとも、ただもどってきたの？　まあ、いいや。どっちでもかまわないよ」ティンは手をのばしてレディの鼻をつかんだ。

数メートル先で何かが動いている音がして、ティンはぎくっとした。最悪のことも考えたけれど、レディは落ち着いている。ということは、ただのネズミかトカゲだろう。「ムク」というと、レディはしゃがんだ。ティンはレディの上に乗って、そのまま朝まで横になっていた。ああ、レディだ……ずっとそうして、なつかしさにひたっていた。もしかしたらたんに気のせいかもしれないけれど、こうやってレディの背中の上にいると、痛みが引いていくように思える。

ゆっくりと夜が明けてきた。それでもティンはじっとしていた。目は閉じていたけれど、眠ってはいない。「レディ、あのさ……」そうつぶいやいたとき、音がきこえて、ティンはぱっと目をあけた。「レディ……」二メートルほど先に、生まれたばかりの子象が立っている。

ティンはレディにしゃがんでもらうのも忘れて、背中からすべりおりた。地面に転げ落ちたけど、目は子象に釘《くぎ》づけのままだった。レディは子象のほうに頭をかたむけて、鼻でその子の顔をなでた。女の子だ。「レディの子どもだね」ティンは、からだが痛いのも忘れてしまった。「産《う》まれたんだね」

ティンは、子象をまじまじとながめた。むこうもティンをながめている。なんて小さいんだ。そういえば、マウンテンは大きかったっけ。それに比べて、この子があんまり小さいので、ふいに不安がティンの心をよぎった。この子はぼくより背が低い。ティンが近づこうとすると、子象はこわがってうしろ脚《あし》に体重をかけてのけぞった。子象のにおいがする。泥《どろ》のような、よく肥《こ》えた土のにおいだ。頭の上にあるふたつのこぶから、束《たば》になった毛が立っている。目は、軍曹《ぐんそう》がよく飲んでいた紅茶の色をしている。ティンは、何かしてやりたくなった。なんでもいいから、この子を助けてやれることがしたい。だけど、どうしたらいいか、わからない。バナナをつぶしてやろうかとも思ったけど、やめた。子象に大人の歯が生えていないのには、それなりの理由がある。お乳《ちち》をもらうためだ。でも、どうしても何かしたい。ティンは、どうしたらいいかわからずにあたりを見まわした。何かないかな……。あ、そうだ。「水を飲みにいこう。レディ、ナオ！」

レディは、おとなしくいうことをきいてついてきた。ティンが振り返ると、子象も数メートルうしろを歩いてくる。追いついてくるのを待とうと立ちどまると、子象も立ちどまる。子象のほうを見ながらうしろむきに歩くと、子象もまた歩きだす。それから立ちどまると、子象も立ちどまる。ティンは、おもしろくなってもう一度同じことをくりかえしたけど、また前をむいて歩きだした。レディと子象は、ぜったいにうしろをついてくるだろう。

川に着くと、レディは何度も鼻に水をためてのんだ。子象はレディのからだの下にもぐって、そこで鼻から水を吸った。ティンも、水をごくごく飲んだ。こんなに喉《のど》がかわいていたなんて、気づいてなかった。そういうのが、みじめな気持でいると得する部分だ。喉のかわきを忘れさせてくれる。子象は水を飲みおえると、一瞬、顔を水の下にしずめて、またすぐに出した。それからレディに水をふきかけて、パオーンと鳴くときみたいに口をあけた。でも、出てきたのはキィキィという声だけだった。

　ティンは深いところまで歩いていって、あおむけになって浮いた。レディがふざけて水をふきかけるので、ティンは声を立てて笑った。ああ、笑うのって、いいな。レディは、いなくなったことでぼくをあんなにみじめな気持にさせたのに、今度はもどってきたことでこんなにも幸せにしてくれる。なんだか、びっくりだ。戦争中は、何も愛さないほうがいい。それは、事実だ。だけど、平和なときに何も愛さないのはよくない。うーん……てことは、戦争が起きるかもしれないと思ったら、何も愛さないようにしたほうがいいのかな。それとも、戦争が始まってから努力すればいいのかな。ああ、頭がごちゃごちゃになってくる。

　ティンは、子象にムトゥという名前をつけることにした。星《ムトゥ》のようにきれいだから。

　いつまでも二頭の象といっしょにここにいたかったけれど、もどらなかったら、母さんが気が狂うほど心配するだろう。とはいえ、キャンプに象を連れてもどったら、危険だ。だけど……母さんたちのキャンプに連れていけば、指揮官《しきかん》に知られずにすむはずだ。そうすれば、母さんにぼくはぶじだと知らせた上で、これからどうすればいいか決められる。そこでティンは、レディに乗ってキャンプにもどった。みんながムトゥを見て大騒《おおさわ》ぎするので、とくに背筋《せすじ》をしゃんとしてすわっていた。子どもたちはムトゥのまわりに集まってきて、なんてきれいな子なんだろうと歓声《かんせい》をあげている。ティンはムトゥを守らなくちゃと思い、レディからおりた。ムトゥはレディのからだの下にかくれた。ムトゥが小さく足《あし》踏《ぶ》みして、レディが大きく足踏みしている。

キャンプには、ティンの知らない人がたくさんいる。衛兵《えいへい》はひとりも知らない。ぼくの村の人たちは飼《か》っていた象を食べようとしなくても、ほかの村からきた人が、あっさり食べてしまうかもしれない。気のせいかもしれないけど、ひとりの衛兵がおいしいものを見るような目でレディとムトゥを見ているように思える。じっさい、急にだれもかれもが、象を食べものとして見始めたように感じる。ドクもゲンもいなくなった。

「はなれろよ！　こわがってるだろ」ティンは、ムトゥに群がってくる子どもたちに叫んだ。子どもたちは後ずさりしたけど、すぐにまた集まってくる。ジュジュビーがむこうから走ってくるのが見えた。レディたちのところにくると、ふいにおとなしくなってやさしい口調で話しかけ始めた。ティンは、ジュジュビーがすっかりもの静かになったのにびっくりした。こんなジュジュビー、見たことがない。それでもムトゥは、ジュジュビーがのばす手から逃げるようにからだをそらす。

母さんとユエもやってきて、ムトゥを見て声をあげてはしゃいだ。そのうち、衛兵が近づいてくるのが見えた。ティンは一瞬あせって、レディを逃がそうかと考えた。だけど、ここは落ちつくのがいちばんだと思いなおした。みんなをあんまり刺激《しげき》しないほうがいい。衛兵がやってくると、ティンはいった。「この子は、人間をこわがってるんです」

「この子象、いくらなら売ってくれるか?」衛兵がたずねた。

買いたがる理由なんて、食べる以外に考えられない。そうに決まってる。

「売るつもりはありません」

ティンは母さんに、二、三日出かけるといった。レディとムトゥと自分だけですごす時間が少しだけほしいんだ、と。

「そのあと、どうするの」母さんがきく。

「わからないよ。ただ……ただ、考えたいんだ」

母さんはティンの目をじっとのぞきこんだ。なんだか、頭のなかまでのぞかれているような気がする。もしそうなら、母さんはぼくよりもずっと、ぼくの考えていることがわかるだろう。それから母さんは、仕方ないわねというふうにいった。「おまえはほんとうに、お父さんそっくり」

え？　どういうことだ？　ぼくは、父さんになんかちっとも似ていない。だけど、母さんがいっていることの意味を深く追求はしなかった。いまは、それどころじゃない。日をあらためて考えよう。

ティンは、フックのついた杖《つえ》をもって出発した。そして、数日歩きつづけた。何度もムトゥに触《さわ》ろうとしたけれど、ぜったいに触らせてもらえなかった。どうしてレディは自分の子どもに、ぼくは安全だって伝えてくれないんだろう。だけど、どうして触らなきゃいけないんだ？　べつに、その必要はない。世界じゅうの何よりも、この子に触ってみたいというだけだ。この子はほんとうに幸せそうで、触ったらぼくも幸せになれそうな気がする。

レディとムトゥとの旅は楽しかった。だけど夜になると、ゲンとドクのことを思いだす。毎晩、ティンは考えた。ゲンとドクはまだ生きてるんだろうか？　四日目の晩、ふいに心の奥で感じた。ゲンもドクも、もう死んでいる。

つぎの日、小さな滝《たき》に出た。ティンの大好きな思い出のひとつに、シウとトマスといっしょに象たちを湖に連れていったときのことがある。そこでティンは、生まれて初めて象が泳ぐのを見た。象の泳ぐ姿は、おどろくほど優雅《ゆうが》だった。ティンは、まだ象使いになるための訓練《くんれん》をしていたときのことを思いだした。トマスが、何年も前にいっていた。象は飛べるんだ、って。そのときは信じなかったけれど、象が泳いでいるのを見たとき、まるで飛んでいるように見えた。だから、そんなことだってあるかもしれない。

だけどムトゥは、まだ水に慣《な》れていなかった。こわごわ、滝に近づいていく。鼻を水のなかに入れたかと思うと、あわてて引っこめて、後ずさる。

横むきに寝ころがっているレディを、ティンはできるだけごしごしかいてやった。ムトゥも手をのばしてかいてやろうとすると、ぴょこんとはなれた。象がこんなふうに飛びはねるなんて、初めて見た！

そのあと、ムトゥはお乳をもらっているあいだ、ティンに首の逆立った毛をなでさせてくれた。ムトゥのほうがレディよりも毛の量が多いけれど、すごくやわらかい。トマスは、調《ちょう》象は食事中になでてやると長生きすると信じていた。トマスがその話をきいたのは、調教《きょう》を教わった先生からだし、その先生も、自分が教わった先生からきいた。その前もずっと、そうやって伝わった話なんだろう。いつかぼくも、ほかの象使いに調教を教える日がきたら、この話をしよう。いつか……。

ティンは、レディとムトゥをキャンプに連れて帰るわけにはいかないのをわかっていた。

自分の村の人たちは象を食べないと信じていたけれど、指揮官の意見をかえることはできないだろう。まだ指揮官には一度も会ってないけれど、どんどんきらいになってくる。やっぱりレディとムトゥは、あの野生の象の群れといっしょにいるのがいちばんだ。それしか、ムトゥが生きていく可能性はない。ああ、レディが年取ったら、食べものをすりつぶして食べさせてやるつもりだったのに。歯がぜんぶ抜けおちても飢《う》え死にしないように。そんなふうにはさせないよって、レディに約束《やくそく》していたのに……。だけどティンはもう、戦争中には約束をぜんぶ守るのは不可能だと知っていた。

ティンたちは、滝の近くで六日間、幸せに満ちたときを過ごした。ティンはいままでもたくさん幸せな日々を経験《けいけん》してきたけれど、この六日間がいちばんだと感じた。人生でいちばんの幸せが戦争中にくるなんて、おかしいけれど。軍曹だったらいうだろう。わけがわかんないぜ、って。最初は、幸せはたくさんある問題を解決してはくれないと思っていた。だけど、そんなことはないと気づいた。幸せはやっぱり、問題を解決してくれる。これからどうすべきかという問題を。ぼくは、レディとムトゥといっしょにいてはいけない。ぼくは、レディたちの命を守ることができない。どうやって守ったらいいか、わからないから。

つぎの日の朝、ティンは二頭を遠くにやろうと決心した。まず、毎日決まってやっていることをする。滝で遊び、レディのからだにブラシをかけ、ムトゥをかわいがる。朝の時間は、あっという間だった。もう二、三日、いっしょにいようかな。べつに急ぐ必要はないし。だけど、日がたつにつれ、どんどん情が深くなってくる。ぜったいにはなれられなくなるのは時間の問題だ。はなれないってことは、ぼくもジャングルで暮らさなきゃいけない。そうなったら、ムトゥを元気に大きくすることが、ぼくの責任になる。だけど、象の赤ちゃんをちゃんと大きく育てた人を、ぼくはひとりも知らない。ぼくなら最初になれるって信じたいけど、内心自信がない。トマスの先生のジェイムズ・バイアだって、伝説の象使いといわれていたけれど、何度も子象を育てるのに失敗して死なせてしまった。村で最高の象使いといわれ、史上最高の象使いとまでいう人もいたのに。もっとも、どうやったらそんなことを決められるのか、わからないけれど。ティンと同じく、バイアもフックを使わなかった。そしてティンとはちがって、バイアは会った瞬間《しゅんかん》から象に好かれた。

ティンは、レディにたっぷりブラシをかけたらすぐ、遠くにやるつもりだった。だけど、時間がたつにつれて、どうしてもできなくなってきた。みるみる、決心がにぶってくる。とうとう、午後も半《なか》ばになって、ティンは数分間、目を閉じて、だまってまぶたの裏の暗《くら》闇《やみ》を見つめたまま、できるだけ気持ちを集中させせた。自分にそんな強さがあるのかどうか、わからない。そして、ティンは目をあけた。

「ナオ、レディ！　レディ、ナオ！」ティンは、とつぜん叫んだ。レディがティンの顔に鼻をすりよせてくる。ティンは後ずさりして、いった。「ちがう！」それからまた、「ナオ！」と叫んで、今度はフックもつかった。レディはどうしたんだろうというふうにむこうをむいて、二、三歩歩いたけれど、すぐに立ちどまってこちらを振り返った。泣いたら、レディがようすをみにもどってきてしまう、ティンは、必死で涙をこらえた。「レディ、ナオ！」ティンはフックを振った。するとレディとムトゥは、ゆっくりとむこうに歩いていった。ティンは、反対方向に全速力で走った。ほんとうは、そのまま木にぶちあたって、脳《のう》みそが割れるほど頭を打ちつけたかった。

　息が切れると、ティンは止まって木におでこをあずけた。頭を打ちつけはしなかったけれど、かたい樹皮《じゅひ》に何度もおでこをあてた。キャンプのことを思いかえして、もうあそこにはいられないと感じた。負けるとわかっている戦いなど、もうできない。必要な荷物《にもつ》を集めて、タイへ旅立とう。タイにいけば、象に関係する仕事が見つかるかもしれない。母さんは泣きわめくだろうけれど、ぼくの未来は、ぼくの愛する国のなかにはない。なんてひどいことなんだろう。だけど、それが戦争だ。

息が落ち着いてくると、ティンはキャンプを目ざして歩きだした。ジャングルには木がおいしげっていて、二、三メートル先までしか見えない。ふいに、笑みがこぼれた。まるで、レディが鼻で触れてきたときみたいに。ぼくはもう、二度とレディには会えない。ふいに、ティンにはわかった。まじない師《し》みたいに、ただわかった。だけどレディとムトゥは、生きていく。ぼくには、それもわかる。それが、真実だ。

著者あとがき

　あたらしい本を書き、自分自身の生活とはまったくちがう生活について知ることには、思いがけない発見がつきものだ。本書についての下調べは、狩猟《しゅりょう》、トラッキング、象、デガ、そしてベトナム戦争についての書籍《しょせき》を読むことから始まった。しかし、そういった書籍に書かれていない情報も必要だったので、サンディエゴ動物園まで行き、数頭のアジア象とその飼育係との時間をもった（象たちは賢く、感情豊かで、人間と深い絆《きずな》を結ぶ能力をもっていた）。また、ノースカロライナにも三回出かけ、亡命してきてその地で生活をしているベトナム高地民《モンタニャール》にインタビューをした。そのなかには、以前、象使いをしていた人もいた。そして、退役《たいえき》した特殊部隊《とくしゅぶたい》の兵士にも協力してもらい、さらに〈ハヴ・トランク・ウィル・フォロー〉という象のレンタルをしている場所で象のからだをこすって洗う体験もした。

　とはいえ、小説というものは当然ながらフィクションであり、現実ではない物語を書くという必要にさらされる。物語に盛りこむことができなかったが、どうしても伝えておきたいことを、ここに記しておく。ベトナムでは、中央高地で代々暮らしている人々は、「デガ（あるいはデガー）」と名乗っている。本書ではこの言葉を使ったが、アメリカでは多くのデガの移民は、「モンタニャール（フランス語で「山の人」）」と名乗っている。

本書に登場するモンタニャールは、ラーデ族だ。私の知る限り、ラーデ語から英語への辞書はない。結果として、言葉の綴《つづ》りや意味から、文化的な面に至るまで、さまざまに相反する情報が存在する。たとえば、ラーデ族の家は南北に面して建てられていると記されている資料がふたつあったが、東西に面しているとするものもあった。ちがう村に住むラーデ族が、ちがう慣習をもっているということもあるだろう。

本書では、登場人物がしばしば、アメリカがデガとかわした約束について触れている。もし北ベトナムがパリ協定に違反したら戻ってきて助ける、というものだ。残念ながら、この約束は実現されなかった。多くのモンタニャールがアメリカ特殊部隊に協力したことによって命を危険にさらし、アメリカが撤退《てったい》したあとの村は敵から攻撃されやすくなってしまった。確かな数は把握できないが、モンタニャールの成人男性の半分が、ベトナム戦争中に特殊部隊の側について戦って命を落としたと考えられている。そして、さらに、アメリカの撤退後の独自の戦いで多くの人が亡くなった。

アメリカ特殊部隊は、約束とはちがった方法で、モンタニャールに敬意を表した。これまでに九千人以上のモンタニャールがアメリカに移住している。多くは、特殊部隊が本部を置くノースカロライナ州に定住した。特殊部隊の退役軍人がモンタニャールのために百十エーカー（約四十五万平方メートル）の土地を購入し、モンタニャールはそこを文化の中心地として、農作物も育てている。

さまざまな情報が交錯《こうさく》しているが、一般的に一致しているのは、一九七五年以降、ベトナムの総人口は急激に増加しつつあるが、モンタニャールの数は現状維持《げんじょういじ》か、減少傾向《げんしょうけいこう》にあるということだ。ベトナム政府は、モンタニャールに対する政策は人道的だと主張しているが、じっさいは強制的な不妊手術《ふにんしゅじゅつ》や同化、宗教上の迫害《はくがい》、拷問《ごうもん》、さらには処刑までであったという報道がある。

一方で、子どもを含めた九千人がアメリカに移住し、それ以前の多くの難民たちと同じように、未来を手に入れた。

訳者あとがき

ベトナム戦争に関する小説や映画は数多くあり、なかでも、南ベトナム側について干《かん》渉《しょう》を行ったアメリカで製作された、反戦をテーマにした作品が多数あります。本書は、そういった作品とはちがった視点と立場でベトナム戦争をテーマとして扱ったものです。描かれているのは、南ベトナムとアメリカに対する北ベトナムとベトコン（南ベトナム解《かい》放《ほう》戦《せん》線《せん》のゲリラ部隊）という大きな戦争に巻きこまれた少数民族、ラーデ族の姿です。デガとも呼ばれるラーデ族は、大都市からはなれた高地の森のなかに集落があるため、戦争の真っ最中でもあまり影《えい》響《きょう》を受けずに、おだやかに暮らしていました。ジャングルに詳しいので、なかには、親切にしてくれるアメリカ人に協力して、敵の足跡《あしあと》をたどるトラッキングをする者もいましたが、じっさいに銃《じゅう》を手にとって戦うようなことは少なかったのです。ところが、アメリカがベトナムから撤《てっ》退《たい》した後、北ベトナムの襲《しゅう》撃《げき》を受け、村の生活は一変します。どちら側について戦うかを考えたことさえなかった村の人たちが、気づいたらアメリカ側にされ、北ベトナムとベトコンの敵になっていたのです。

主人公は、ラーデ族の象使いの少年、ティンです。生まれたときから自分の国が戦争をしているのは知っていても、村の生活は平和だし、頭のなかにあるのは象のことだけで、象のレディの世話をするのが何よりの幸せです。そんなティンも、あっという間に戦争に巻きこまれていきます。いろんなことを教えてくれるおもしろいおじさんたちくらいにしか思っていなかったアメリカ人に対する見方がかわり、なぜ戦うのか、どちらが正しいのか、否応《いやおう》なしに考えなければいけなくなってきます。もちろん、正解などありません。立場がかわれば正義がかわる、どちらが正しくてどちらが悪いのでもない、それが戦争です。

同じような対立は、身近なところでも起きます。象使いの先輩《せんぱい》トマスや、幼なじみのユエンとも、ジャングルで過ごす時間が長くなるにつれて、溝《みぞ》がうまれます。どちらに感情移入するか、どちらの立場に立つかによって、言い分も正義もかわってくるのです。ティンの父がいうように、「一線をこえる」と、ものの見方ががらっと変わってきてしまうのです。

自然にかこまれた動物たちとの平和な暮らしから、物語は急激《きゅうげき》にひさんな戦争へと突入していきます。そんななか、象たちの存在がいつも、すがすがしく清らかなものを物語に吹きこみ、まさに希望の光を感じさせてくれます。

原題は、"*A Million Shades of Gray*"で、直訳すると「百万色のグレー」、ジャングルのなかの景色を描写した言葉です。作中に何度か「ジャングルは人を変える」という表現が出てきます。人間にとってのジャングルはいくらでもありますが、どんなときでも光はさしこんでいるはずです。

作者のシンシア・カドハタは、イリノイ州シカゴ生まれの日系三世です。*The Floating World*（『七つの月』荒このみ訳、講談社）で作家デビューし、日系の少女を主人公にしたはじめてのヤングアダルト作品*Kira-Kira*（『きらきら』代田訳、白水社）でニューベリー賞を受賞しました。他の作品に、同じく日系の少女を主人公にした*Weedflower*（『草花とよばれた少女』代田訳、白水社）があります。

最後になりましたが、この作品を訳すにあたっては、多くの方にお世話になりました。訳稿を細かく読みこんで的確なアドバイスをくださった編集の平田紀之さん、作品社の青木誠也さんに、心から感謝いたします。

二〇一三年三月

代田亜香子

選者のことば

一九七〇年代後半、アメリカで生まれて英語圏の国々に広がっていった「ヤングアダルト」というジャンル、日本でもここ十年ほどの間にしっかり根付いて、多くのヤングアダルト小説が翻訳されるようになってきた。長いこと、このジャンルの作品を紹介してきた翻訳者のひとりとしてとてもうれしい。

そして今回、作品社から新しいシリーズが誕生《たんじょう》することになった。このシリーズ、これまでぼくが翻訳・紹介に携《たずさ》わってきたロバート・ニュートン・ペックの『豚の死なない日』やシンシア・カドハタの『きらきら』のような作品を中心に置きたいと考えている。

つまり、作品の古い新しいに関係なく、海外で売れている売れていないに関係なく、賞を取っている取っていないに関係なく、読みごたえのある小説のみを出していくということだ。

そのためには自分たちの感性を頼りに、こつこつ一冊ずつ読んでいくしかない。しかしその努力は必ず報《むく》われるにちがいない……と信じて、一冊ずつ、納得《なっとく》のいく本を出していきたいと思う。

金原瑞人

【著者・訳者・選者略歴】

シンシア・カドハタ（Cynthia Kadohata）

1956年シカゴ生まれの日系三世。『七つの月』（荒このみ訳、講談社）で注目を浴びる。『きらきら』（代田亜香子訳、白水社）でニューベリー賞を受賞。

代田亜香子（だいた・あかこ）

神奈川県生まれ。立教大学英米文学科卒業後、会社員を経て翻訳家に。訳書に『とむらう女』、『私は売られてきた』、『ぼくの見つけた絶対値』（作品社）など。

金原瑞人（かねはら・みずひと）

岡山市生まれ。法政大学教授。翻訳家。ヤングアダルト小説をはじめ、海外文学作品の紹介者として不動の人気を誇る。著書・訳書多数。

象使いティンの戦争

2013年5月25日初版第1刷印刷
2013年5月30日初版第1刷発行

著　者　シンシア・カドハタ
訳　者　代田亜香子
選　者　金原瑞人
発行者　髙木 有
発行所　株式会社作品社
〒102-0072 東京都千代田区飯田橋2-7-4
TEL. 03-3262-9753　FAX. 03-3262-9757
http://www.sakuhinsha.com
振替口座00160-3-27183

装　幀　水崎真奈美（BOTANICA）
装　画　西岡ゆき
本文組版　前田奈々
印刷・製本　シナノ印刷株式会社

ISBN978-4-86182-439-5 C0097

【作品社の本】

誕生日　カルロス・フエンテス著　八重樫克彦・八重樫由貴子訳
ISBN978-4-86182-403-6

悪い娘《こ》の悪戯《いたずら》　マリオ・バルガス＝リョサ著　八重樫克彦・八重樫由貴子訳
ISBN978-4-86182-361-9

チボの狂宴　マリオ・バルガス＝リョサ著　八重樫克彦・八重樫由貴子訳
ISBN978-4-86182-311-4

無慈悲な昼食　エベリオ・ロセーロ著　八重樫克彦、八重樫由貴子訳
ISBN978-4-86182-372-5

顔のない軍隊　エベリオ・ロセーロ著　八重樫克彦・八重樫由貴子訳
ISBN978-4-86182-316-9

逆さの十字架　マルコス・アギニス著　八重樫克彦・八重樫由貴子訳
ISBN978-4-86182-332-9

天啓を受けた者ども　マルコス・アギニス著　八重樫克彦・八重樫由貴子訳
ISBN978-4-86182-272-8

マラーノの武勲　マルコス・アギニス著　八重樫克彦・八重樫由貴子訳
ISBN978-4-86182-233-9

巣窟の祭典　フアン・パブロ・ビジャロボス著　難波幸子訳
ISBN978-4-86182-428-9

骨狩りのとき　エドウィージ・ダンティカ著　佐川愛子訳
ISBN978-4-86182-308-4

愛するものたちへ、別れのとき
エドウィージ・ダンティカ著　佐川愛子訳
ISBN978-4-86182-268-1

【作品社の本】

老ピノッキオ、ヴェネツィアに帰る
ロバート・クーヴァー著　斎藤兆史、上岡伸雄訳
ISBN978-4-86182-399-2

蝶たちの時代　フリア・アルバレス著　青柳伸子訳
ISBN978-4-86182-405-0

老首長の国　ドリス・レッシング アフリカ小説集
ドリス・レッシング著　青柳伸子訳
ISBN978-4-86182-180-6

話の終わり　リディア・デイヴィス著　岸本佐知子訳
ISBN978-4-86182-305-3

ハニー・トラップ探偵社　ラナ・シトロン著　田栗美奈子訳
ISBN978-4-86182-348-0

被害者の娘　ロブリー・ウィルソン著　あいだひなの訳
ISBN978-4-86182-214-8

人生は短く、欲望は果てなし
パトリック・ラペイル著　東浦弘樹、オリヴィエ・ビルマン訳
ISBN978-4-86182-404-3

失われた時のカフェで　パトリック・モディアノ著　平中悠一訳
ISBN978-4-86182-326-8

メアリー・スチュアート　アレクサンドル・デュマ著　田房直子訳
ISBN978-4-86182-198-1

幽霊　イーディス・ウォートン著　薗田美和子、山田晴子訳
ISBN978-4-86182-133-2

【作品社の本】

金原瑞人選オールタイム・ベストYA　ぼくの見つけた絶対値

キャスリン・アースキン著　代田亜香子訳

数学者のパパは、中学生のぼくを将来エンジニアにしようと望んでいるけど、実はぼく、数学がまるで駄目。でも、この夏休み、ぼくは小さな町の人々を幸せにするすばらしいプロジェクトに取り組む〈エンジニア〉になった！　全米図書賞受賞作家による、笑いと感動の傑作YA小説。

ISBN978-4-86182-393-0

金原瑞人選オールタイム・ベストYA　シーグと拳銃と黄金の謎

マーカス・セジウィック著　小田原智美訳

すべてはゴールドラッシュに沸くアラスカで始まった！　酷寒の北極圏に暮らす一家を襲う恐怖と、それに立ち向かう少年の勇気を迫真の文体で描くYAサスペンス。カーネギー賞最終候補作・プリンツ賞オナーブック。

ISBN978-4-86182-371-8

金原瑞人選オールタイム・ベストYA　ユミとソールの10か月

クリスティーナ・ガルシア著　小田原智美訳

ときどき、なにもかも永遠に変わらなければいいのにって思うことない？　学校のオーケストラとパンクロックとサーフィンをこよなく愛する日系少女ユミ。大好きな祖父のソールが不治の病に侵されていると知ったとき、ユミは彼の口からその歩んできた人生の話を聞くことにした……。つらいときに前に進む勇気を与えてくれる物語。

ISBN978-4-86182-336-7

金原瑞人選オールタイム・ベストYA　私は売られてきた

パトリシア・マコーミック著　代田亜香子訳

貧困ゆえに、わずかな金でネパールの寒村からインドの町へと親に売られた13歳の少女。衝撃的な事実を描きながら、深い叙情性をたたえた感動の書。全米図書賞候補作、グスタフ・ハイネマン平和賞受賞作。

ISBN978-4-86182-281-0

金原瑞人選オールタイム・ベストYA　希望《ホープ》のいる町

ジョーン・バウアー著　中田香訳

ウェイトレスをしながら高校に通う少女が、名コックのおばさんと一緒に小さな町の町長選で正義感に燃えて大活躍。ニューベリー賞オナー賞に輝く、元気の出る小説。全国学校図書館協議会選定第43回夏休みの本（緑陰図書）。

ISBN978-4-86182-278-0

金原瑞人選オールタイム・ベストYA　とむらう女

ロレッタ・エルスワース著　代田亜香子訳

19世紀半ばの大草原地方を舞台に、母の死の悲しみを乗りこえ、死者をおくる仕事の大切な意味を見いだしていく少女の姿をこまやかに描く感動の物語。厚生労働省社会保障審議会推薦児童福祉文化財。

ISBN978-4-86182-267-4